이유 없이 싫어하는 것들에 대하여

이유 없이
싫어하는 것들에 대하여

임지은
산문

차례

2부　　　　　　　　　**당신에 관한 것**

작가의 말

잘 좋아하기 위해서는 싫어하는 게 있으면 좋다,

고 우겨왔다. 나로서는 모든 걸 좋아한다는 말이 꼭 무엇도 대단히 좋아하지는 않는다는 것처럼 느껴지기 때문이다. 이를테면, 내게 "좋아해"라고 말해놓고 저쪽에 가서도 똑같이 "좋아해"라고 말하는 사람에게 나는 배신당했다고 느낀다. 그 사람을 많이 좋아할수록 그가 어떻게든 날 차별해주지 않으면 쓸쓸해져 버리는데, 너무 쓸쓸해지면 급기야 그 사람이 미워진다. 또 나는 다른 일들이야 아무래도 상관없다고 여기면서도 글쓰기만큼은 항상 내가 남들보다 더 잘해내기를 바란다. 그러다 보니 누가 글을 엄청 잘 쓰면 때로 슬퍼지기까지 해서, 나를 슬프게 하는 사람을 미워한 적도 있었다.

그처럼 나를 기쁘게 하는 건 나를 슬프게 하고, 내게

자부심을 주는 건 그만큼 나를 수치스럽게 하고, 내가 갖고 싶은 건 나를 초라하게 하고…. 그런 일이 내게는 너무너무 많다.

사람들 앞에서는 이런 내 모습을 잘 감춘다. 그 정도의 상식은 있다. 하지만 속으로는 그렇다는 것이다. 무언가를 소중하게 여길수록 거기에는 모난 마음들이 불현듯 솟아나는 나에게 짙은 애정과 미움은 떼려야 뗄 수 없는 한 쌍이다.

그렇다고 아무나 미워해버리라며 우울한 얼굴로 권유하려는 건 아니다. 미움을 쿨하게 받아들이라고 주장하려는 것 또한 아니다. 내가 그렇게 미움이 아무렇지도 않은 쿨한 사람이라면 애당초 이런 글을 쓰지도 않았을 것이다. 사람은 자신이 아무렇지도 않게 여기는 걸 당연하다는 듯 구구절절 읊지 않는다. 당연하다면 이미 그 상태일 것이기 때문에.

굳이 고백하자면 나는 속 좁은 사람이다. 누군가 "네가 싫어"라고 큰 소리로 외치면 화들짝 놀라 혼비백산할 사람. 그가 나를 왜 싫어할까 종일 고민하고, 그가 날 좋아해주기를 바라며 굽신대다가, 그럼에도 그가 날 계속 싫어하면 상처받은 나머지 결국 원한을 품고 그를 두고두고 싫어하게 될 사람. 그런 자신이 흉해 보여서 스스로를 또 미워하게 되는, 그런 사람.

그런 나를 어떤 사람들은 종종 곤란하게 여긴다. 미워하고 싫어하는 마음은 나쁘다는 것이다. 나쁜 건 품지 말고 쉽게 털어버리라는 것이다. 나는 나를 곤란하게 여기는 이들에게 싫어할 빌미를 주지 않으려고 기왕이면 상냥하고 쾌활하게 굴면서 속으로 생각한다. '아니 나쁜 걸 누가 모른담….' 사실 곤란한 건 내 쪽이다. 나라고 좋아서 그러는 건 아닌데. 세상 모든 맞는 말이 그렇듯 나도 맞는 말대로 할 수 있었으면 진즉 그렇게 했을 텐데….

내가 하고 싶은 말은, 나로선 미워하지도 미움받지도 않을 방법이 전무했기 때문에 차라리 그 안에서 뭐라도 찾아내기로 마음먹었다는 것이다.

무언가 이유 없이 싫어지는 날이면 그 마음을 가만히 들여다본다. 대체로 거기에 있는 건 내가 가진 진실이다. 내가 좋은 것의 집합이 아니라는 진실, 때로는 너무 중요한 것이 생김으로써 나쁜 마음이 만들어지기도 한다는 진실, 나쁜 마음은 무언가를 좋아하는 마음만큼이나 자연스럽다는 진실, 그럼에도 사람은 미움이 스스로에게 향하는 걸 두려워한다는 진실….

군이 그런 걸 알기 위해 일부러 무언가를 싫어할 필요는 없을 것이다. 하지만 그 진실로 나는 적어도 나에 대해 풍요롭게 알게 되었다. 미움을 가진 나를 잘 견딜 수 있을 만큼. 무엇보다 내게는 무언가를 미워하는 다른 사람을 보면 가장 먼저 이 사람은 무엇을 중요하게 여기는 건지 떠올리는 습관이 생겼다. 가령, 나를 곤란하게 여기는 사람들도 어쩌면 미움받을까 두려운 나머지 애당초 미워하는 일 자체를 금지하려는 셈인지 모른다고. 싫어하는 건 나쁘다고 말하는 식으로, 싫음을 싫어함으로써 자신이 좋아하는 걸 지키고 있는지 모른다고. 상대방 역시 나처럼 딱히 좋은 것의 집합은 아닌 모양이라고.

그런 습관은 상대가 나를 곤란하게 해도 그를 견딜 수 있게 해주는 힘을 내게 길러준다. 미움이 어떻게 작동하는지 생각할수록 사람을 더 잘 견디게 된다는 건 조금 이상하지만, 정말로 그렇다. 무언가를 좋아한다는 건 그것대로 멋진 일이다. 그러나 무언가를 미워한다는 것 또한 때로는 좋은 일이다. 거기에는 거기서 찾아낼 수 있는 것들이 있다.

임지은

1부

*

나에 관한 것

엄마는 사랑할 때 흉을 본다

살면서 무언가를 고루고루 좋아한 적이 없다. 이건 이래서 문제고 저건 저래서 별로라고. 내가 자주 투덜대거나 무언가를 흉보는 게 바로 그 증거다. 물론 내게도 좋아하는 것들이 있지만 뭐랄까, 내가 가진 사랑이란 한 줌 정도랄까. 그런 내 모습은 좀 문제가 있어 보인다. 요즘은 크고 균질한 사랑이 대세이자 미덕인 것 같기 때문이다. 온라인에서나 오프라인에서나 사람들은 싫어하는 것보다는 사랑하는 걸 내세운다. 그 자신과 삶과 온 세상을 고루고루 아낌없이 사랑한다는 사람들. 그 옆에서 뭐가 별로라고, 나처럼 사랑 바깥의 감정을 말하거나 투덜대는 사람이야말로 별로인 사람이 된다.

그럴 때는 호두를 대하는 엄마를 생각한다. 호두는 엄마 집에 온 작은 개로 최근 한 살이 된 갈색 푸들이다. 호두가 온 이래 엄마는 어디서 개만 보이면 눈여겨본다. 어쩌다 모르는 개와 인사라도 하게 되면, 사랑스러워 어쩔 줄 몰라 하며 그 개를 예뻐한다. 자신은 모든 개를 사랑한다는 듯이. 그리고 뒤돌아서 옆 사람에게 속삭인다.

—전부 우리 호두보다 못생겼어.

지난번에는 엄마와 놀러 간 곳에 검은 푸들이 있었다. 그 푸들을 보고 흐뭇하게 미소 짓던 엄마는 대뜸 견주에게 자신의 핸드폰 화면을 보여주었다. 핸드폰 화면에는 호두의 사진이 있었다. 견주는 "어머 애도 너무 귀엽다"라고 말했고 엄마는 배시시 웃었다. 그는 엄마의 돌발행동을 '나도 푸들을 길러요, 개는 전부 사랑이죠' 정도로 이해했을 것이다. 하지만 나는 조용히 엄마의 옆구리를 쿡 찔렀다. 엄마는 이렇게 말하고 싶었던 것이다.

'애도 예쁜데, 우리 호두는 더 예쁘죠?'

그럴 때 내 엄마는 조금 문제가 있어 보인다. 따지고 보면 그에게는 정말 문제가 있다. 이를테면 호두의 삶이야말로 엄마의 큰 문제다. 엄마는 늘 호두의 마음을 궁금해한다. 호두의 운동량이 부족하진 않나, 똥은 잘 쌌나 걱정한다. 급기야 미디어 속 버려진 개, 아픈 개를 보면서 눈물짓거나 화를 낸다. 그 개들을 보며 호두를 떠올려서다. 호두를 사랑하게 되면서 결국 엄마는 개라는 생명 전반을 사랑하게 되었다.

그러나 그 와중에도 호두라는 세상 제일의 개 때문에, 다른 개들은 순식간에 호두보다 못생겨진다. 모든 개를 예뻐한대도, 그 기준이 되는 단 하나뿐인 개. 엄마의 가장 큰 문제는, 엄마가 수많은 개 중 호두를 가장 사랑한다는 것이다.

그래서 나는 엄마의 인성에 문제가 있는 게 아닐까 걱정하는 대신, 제발 남의 개 흥 좀 그만 보라고 말하며 웃음을 터뜨린다. 엄마는 민망해하면서도 여전히, 다른 개는 호두보다 못생겼다고 꿋꿋이 속삭인다. 모든 걸 똑같이 좋다고 말하지 않는 게 자신의 사랑이라는 듯이. 흥보는 일과 사랑은 붙어 있다는 듯이. 거기에서 나는 균등하지 않은 사랑을 발견한다.

마음이 흐린 날엔 사주를 보러 간다

　연애 초반 명동으로 사주를 보러갔다. 같이 사주나 궁합 같은 걸 봐도 재밌겠다고, 언젠가 툭 던졌던 내 말을 영훈이 귀담아두었다가 사주로 나름 유명한 철학관을 예약해둔 거였다. 철학관은 엘리베이터가 없는 낡고 오래된 건물 4층에 있었다. 바람이 거센 겨울이었다. 비좁고 가파른 계단을 올라가니 얼핏 40대 중반 정도로 보이는 남자가 우리를 맞았다. 그가 나와 영훈이 태어난 날과 시를 받아 적는 동안, 우리는 작은 난로 앞에 몸을 꼭 붙이고 앉아 웃풍과 시린 발을 견뎠다. 영훈이 먼저였다. 그는 영훈을 보며 이렇게 좋은 사주는 오랜만이라며 무척 호의적으로 굴었다. 그에 따르면 영훈은 일도 잘 풀리고 돈도 잘 벌 거라고 했다. 사는 내내 점점 더 잘 될 일만 남았고, 거기다 예술적 기질도 높다고 했다.

반면 내 사주를 봐주는 시간은 영훈을 봐준 시간에 비해 훨씬 짧았고 별 내용도 없었다. 내 차례가 되자 어쩐지 냉랭해진 그가 뭘 물어봐도 '글쎄요, 님의 사주는 별 건 없는데요'로 답하는 식이었기 때문이다. 나중에 영훈은 그때 그가 내게 보인 태도가 영 이해가지 않는다며 머리를 갸웃거리기도 했다.

–그러게. 그는… 도대체 왜 그랬을까?

다시 곱씹어도 당혹스럽고 불쾌했던 감정이 떠오를 뿐 세세한 건 기억나지 않지만, 그날 그가 나에게 무슨 일을 하느냐고 물어서 내가 글을 쓰려 한다고 답했던 건 기억난다. 대답을 기대하던 내 몸이 두근두근 곤두서던 것과, 그가 심드렁한 얼굴로 "근데 예술적 기질은 남자분 쪽이 타고났습니다만"이라고 말하던 것, "뭐, 여자분도 그럭저럭은 하시겠죠. 뭘 쓰는데요"라고 건들건들 물어놓고선 내 대답을 대충 흘려들으며 딴청을 피우던 것도.

사주풀이가 끝나고 가방을 챙겨 일어나면서 나는 최대한 아무렇지도 않다는 듯 웃으며 그를 똑바로 쳐다봤다.

–저기요, 그런데 저는 사주 같은 거 안 믿어요. 저는

무슨 소릴 들어도 결국 제가 하고 싶은 대로 끌고 가는 성격이거든요.

아, 예예. 그는 피식 웃었다.

계단을 내려오며 나는 내가 뱉은 말을 곧바로 뉘우쳤다. '내가 좀 무례했나? 실례를 저질렀나?' 아니. 그런 마음은 전혀 들지 않았다. 나는 아무렇지도 않은 척할 게 아니라 차라리 그에게 실례라도 끼쳤어야 했다고, 그에게 어떻게든 타격을 주었어야 했다고 생각했다. 나는 분했다. 명동 골목에서 서서 펑펑 울어버릴 정도로 분했다.

ㅡ아무것도 모르는 새끼가!

한참 씩씩대다 눈물이 그렁그렁해진 나를 보며 영훈은 당황해했다. "저 사람 진짜 이상하다. 애당초 재미로 들은 거니 흘려 넘겨." 그렇게 말하며 나를 달랬다. 그러나 나는 그럴 수 없는 상태였다. 그 시기 나는 영훈의 전 연인에 대해 막 알게 된 터였다. 내 또래인 영훈의 전 연인이 번듯한 직업을 갖고 있는 여성이자, 이전에 그와 영훈이 함께 유럽 여행을 다녀왔으며, 그걸 알 리 없던 내가 영훈의 유럽 여행 사진에 꾸준히 '좋아요'를 눌러왔다는 것 같은 사실들을. 아직 첫 책을 계약하기도 전이었다. 누구도 나를 찾아주지 않았으므로, 나는 글을 꾸준히는 써왔음에도 내가 가진 유일한 자원인 그것으로 무엇을 할 수 있을지 알 수 없었다. 대학원을 준비하며 아르바이트를 하고 있었지만 그게 맞는 길인지, 어떻게 삶을 꾸려나갈지도 알 수 없었다. 괜찮아 보이는 한 남자의 옆에 내가 있어도 괜찮은지, 그에게 내가 어떻게 비쳐보일지, 그걸 내가 견딜 수 있을지 역시 알 수 없었다. 질투라기보다는 무한한 막막함, 그런 게 나를 괴롭혔다. 모두가 번듯한데 나는 아직 아무것도 아니었다. 사주를 봐주는 이조차 나를 깔본다 느낄 정도로, 그의 말을 재미로 흘려들을 수 없을 정도로, 사주 따위에 못내 기대를 걸었던 내 마음이 쉽게 후벼지고 파헤쳐질 정도로, 오직 나만 무엇도 아니었다.

그날의 일은 엄마를 이해하는 계기가 되었다. 12년 전즈음, 엄마는 어느 프랜차이즈 업체와 계약 전 그 업체가 어떤지 직접 확인해보고 싶다며 같이 가보자고 했다. 엄마와 나는 평일 저녁 해당 프랜차이즈의 논현 지점으로 가서 미니족발을 먹었다. 그날 엄마는 어딘지 불안해 보였는데 전에 차렸던 가게가 막 망해서였는지도 몰랐다. 두 평 남짓한 그 가게는 애초에 망할 수밖에 없는, 도대체가 말도 안 되는 자리에 있었다. 맨 처음 나는 엄마가 무슨 생각으로 그런 데다 가게를 얻었는지 이해하지 못했다가. 시간이 흐르며 차차 그 허름한 가게가 이혼 후 급하게 집을 구하고 살 길을 찾아 헤매던 엄마가 가진 돈과 정보로 할 수 있는 최선이었다는 걸 어렴풋하게나마 이해했다. 망할 게 뻔한 가게의 오픈 날 엄마를 축하해준 뒤 먼저 귀가했고 엄마가 무슨 생각으로 거길 얻었을지 상상하며 다음 날 몸살이 날 정도로 울었다. 그 뒤 수업을 더 열심히 듣고 알바를 늘렸다.

함께 논현의 프랜차이즈에 갔을 즈음은 그로부터 몇 계절이 지난 뒤였다. 엄마의 가게는 정말로 망해 있었고 나는 체력적으로 많이 지쳐 있었다. 우리는 파리한 얼굴로 족발을 뜯었다. "괜찮지?" 엄마는 거듭 물었고, 엄마를 안심시키려고 나는 거듭 "괜찮네" 답했다. 족발을 딱히 좋아하진 않았지만 나쁘지 않은 맛이었다.

먹고 나와 소화시킬 겸 서로의 팔짱을 끼고 논현의 거리를 걸었다. 걷던 중 타로가게를 발견한 엄마는 나에게 타로가 뭔지 묻더니 자신도 한번 봐보고 싶다고 했다. 가게가 어찌 될지, 자신의 지난한 삶이 이제는 잘 풀릴지 궁금하다고 했다. 같이 어디 나온 것도 오랜만이었으므로 나는 재미삼아 한번 보자고 맞장구쳤다.

그러나 막상 들어가 자리에 앉은 뒤, 이것저것 물어보는 타로마스터에게 엄마는 고집스럽게 입을 꼭 다물고 고개를 저었다. 그가 무슨 말을 하든 "아닌데요, 아뇨"라고 답했고 어디 한번 맞춰보라는 양, 해볼 테면 해보라는 태도로 어떤 정보도 제스처도 주지 않았다. 그가 엄마의 삶에 우여곡절이 많다고, 이혼수가 있다고 말했을 때조차 엄마는 눈을 크게 뜨고 아니라고 답했다. 그런 거짓말을 한다고? 나는 엄마의 뻔뻔함이 믿기지가 않아서 엄마를 쳐다봤다. 심지어 계산할 무렵 엄마는 타로마스터에게 웃으며 말하기까지 했다.

-저는요, 이런 거 안 믿어요.

나는 타로마스터에게 미안하다는 눈짓을 하고 황급히 엄마를 끌고 나왔다.

-도대체 그럴 거면 뭐 하러 가자고 했는데?

화를 내는 내게 엄마는 아무 말도 안 하고 택시를 잡았다. 그걸 보니 부아가 치밀어 나도 엄마를 등지고 앉았다. 앉아서 확신했다. '미쳤네. 단단히 미쳤어.' 적막이 깃든 택시가 한밤의 도로를 달리다 한강 위를 지날 즈음 엄마는 조용히 말했다.

-엄마 손 좀 봐봐.

　나는 대꾸하지 않았고 그러든 말든 엄마는 자기 손을 물끄러미 내려다봤다. 가끔 사람들은 엄마의 손을 보면서 손이 왜 그러냐고 물었다. 엄마의 손은 험한 일을 많이 한 탓에 혈관이 불거져 울퉁불퉁했다. 엄마는 험해진 손을 어떤 형벌이나 저주처럼 여기고 부끄러워했다. 엄마와 달리 나는 엄마의 손을 좋아했지만, 종종 소설 속에 등장하던 아일랜드 고아 여자들, 세탁실 갇혀 중노동을 하던 여자들의 손 묘사를 읽으며 엄마의 손을 겹쳐보곤 했다.

　-엄마가 미안해. 그냥 이렇게 아득바득 죽어라 사는데 정해진 운명 같은 게 있다고 생각하니 참 싫었어.

　택시가 터널 아래를 지나갔고 나는 엄마를 힐긋 쳐다봤다.

　-운명이나 신이 있으면 대들고 싶어. 한 번만이라도. 그런 마음이 들더라.

　그게 그렇게 잘못이야? 중얼거리는 엄마의 얼굴 위로 가로등의 붉은 빛이 쏟아졌다. 삶을 호락호락 내어주고 싶지 않았던, 끝내 믿고 싶은 게 있었던 엄마.

　내가 그를 똑 닮았다는 게 새삼스럽다.

어쩌다 작가가 되었을까?

가끔은 거창한 이유랄 게 없다고 느껴진다. 배고프면 밥을 먹고 졸리면 자는 것처럼, 나는 쓰고 싶어서 썼고 그러다 작가가 되었다. 그런 점에서 쓰기란 나에게 사는 일이랑 비슷하다. 사는 일 같은 쓰기를 지속할 수 있었다면 작가가 되고 말고는 아무래도 상관없었을지도 모른다.

그리고 그건 작가가 되어서야 갖게 된 생각, 어쩌면 초연함에 대한 내 환상과 지적 허영이 가져온 감상이다. 책을 내기 전 몇 년간 나는 우연히 들어온 말들이 내 삶의 결정적이고도 유일한 진실인 양 붙잡곤 했다. 이를테면, 대학시절 돌려받은 과제 한 귀퉁이에 국문학 교수가 나더러 글을 써도 좋겠다고 적어준 문구, 네 글은 특별하다고 말해주던 이의 목소리, 누군가 나를 농담으로 작가라고 불렀을 때 내 안에 일었던 파동. 말이 물성이 없어서 다행이었다. 물성이 있었다면 그 말들은 내가 하도 만진 탓에 이미 닳고 낡고 너덜너덜해져서 존재하지 않겠지. 닳기는 커녕 여전히 내 안에 분명하게 살아 있는 말들로 하여금 나는 그 물음에 이렇게 답해야 맞을 것이다. 나는 누군가의 말에 의지하고 기대어 간신히 이리로 올 수 있었다고. 그게 내가 작가가 되도록 줄곧 격려해주었노라고.

이토록 많은 말이 오가는 세상에 말 한마디가 나를 어떻게 지탱해주었는지 생각하면 놀라고야 만다.

그런데, 그게 전부일까?

영훈과 사주를 보고 온 날, 나는 집에 돌아와 인기 사주 앱을 깔았다. 생년월일을 입력하면 그 해의 운세와 적합한 직업까지 말해주는 앱이었다. 생년월일과 시를 입력하자 여러 직업이 열거되었다. 그중 작가는 없었다. 사주를 봐주던 이의 빈정거리던 말투가 떠오르더니 뒤이어 귀가 먹먹해졌다. 나는 나를 방해하는 운명의 거센 강줄기가 실재한다고 확신했다. 그것이 나를 밀어붙이고 관통하다 못해 마침내 나를 수면 아래로 가라앉히고 있었다. 역시 난 작가가 될 사주조차 아니구나. 맞아, 아무것도 아닌 내가 감히 어떻게 그런 거대한 흐름을 거스를 수 있겠어?

그러다 잠에 들기 전 갑자기 전 전년도에 한강 작가가 맨부커상을 받았던 게 생각났다. 그때 나는 맨부커상이 뭔지 정확하게는 몰랐지만, 그 누구라도 한강 작가가 작가임을 부정할 수는 없는 근거 중 하나가 그 상이라고 생각했다. 나는 무언가를 결심하듯 폰을 다시 집어 들었다. 인물 검색으로 알아낸 한강 작가의 생년월일을 사주 앱에 입력한 뒤 결과가 나오기를 초조하게 기다렸다. 사주에 따르면 한강 작가에게 적합한 직업은 인테리어 디자이너였다.

나는 자리에서 벌떡 일어나 막 물 밖으로 고개를 쳐든 사람처럼 크게 숨을 내쉬었다.

'등신들 같으니!'

비죽비죽 새어나오던 웃음과 물결처럼 퍼져오던 안도.

이토록 많은 말이 오가는 세상에 말 한마디가 그토록 크게 사람을 흔들 수 있다는 걸 생각하면 놀랍고야 만다. 누군가의 말 한마디에 버티고 또 흔들릴 만큼 나는 취약했다. 그러나 누군가를 흔드는 게 무작정 나쁘다거나, 사주는 믿을 만하지 않다는 주장을 하려는 건 아니다. 나를 흔들던 말 또한 나를 이쪽으로 데려왔음을, 내가 무언가를 그 안에서 발견했다는 걸 어떻게 설명해야 할까? 그 밤 안도 속에서 깨달은 건 나를 격려해주는 이가 없어도, 심지어 누가 나를 흔들어놓고 수면 아래로 밀어 넣는다 해도, 나는 내가 원하는 걸 쉽사리 포기하지 못하는 사람이란 사실이었다. 그로 인해 생겨난 불안과 슬픔과 무력감, 또 그에 따른 오기와 반발심을 동력 삼으며, 나는 내 안에서 끝내 살아남은 무언가를 마주했다. 어쩌면 그

것이 그리도 중요했기 때문에 내가 그렇게나 흔들렸다는 사실 또한.

그러므로 물음에 대한 답은 추가되고 갱신된다. 어쩌다 작가가 되었을까?

나는 끝내 작가가 되고 싶었다.

지인은 대한민국을 지탱하는 게 샤머니즘이라고 농담했다. 그가 말한 건 정치적인 맥락에서였지만, 보통의 삶에서도 그 말은 진실 같다. 어딜 가도 타로와 사주, 점을 보는 자그마한 공간이 있으니 말이다. 내 현실과 무관한 사람에게서 기꺼이 영향을 받으려 한 평 정도의 공간에 앉아 있는 이들. 사람들은 자주 삶에서 믿고 기댈 만한 건 사실이 전부인 양 말한다. 하지만 때로는 사실이야말로 삶을 짓누른다. 아직 무엇도 되지 못했다는 사실, 최선을 다했던 가게가 망했다는 사실 같은 것. 사람들은 자주 오롯이 혼자서 삶을 해내야 한다고 믿는다. 나도 그러기를 바란다. 그러면서도 나는 누군가의 삶 속에서 외부의 개입이 필요한 순간이 있다는 생각을 멈추지 못한다. 너무 의존적인 걸까? 그러나 한 사람의 자립성은 타인에게 영향을 받는다는 사실로 망가지지 않는다. 때때로 그

영향은 한 사람을 지탱하거나 그의 내부에서 끝까지 살아남는 게 무엇인지 발견하게 도와주고, 그건 그 사람이 누군지와 무관하지 않다.

첫 책이 나온 지 3년이 지났고 그간 몇 권의 책이 나왔다. 엄마는 프랜차이즈는 접었지만 그 자리에서 가게를 이어가고 있다. 나도 엄마도 자기가 하려는 걸 결국 포기하지 못한 셈이다. 대단한 성공 없이 정말 그럭저럭해 가고 있다는 점에서 내가 그럭저럭은 할 거라던 명동에서의 사주란 꽤 맞아 떨어지는지도 모르겠다. 그러나 누가 뭐라고 했든 결국은 지금처럼 되었을 거라는 걸 이제는 안다. 역설적으로 이렇게 될 거라는 걸 알 수 없었기에 누군가의 말이 내게 필요했다는 것도. 미리 알았다면 좋았겠지만, 언제나 미래에 알게 될 것은 미래의 것. 지금 아는 건 이따금 나에겐 나를 격려하거나 흔드는 타인이 필요하다는 것이다. 전자는 기쁘고 후자는 두렵다. 그러나 흔들림으로 발견하게 되는 것, 그건 내가 앞으로 알게 될 것과 가까이에 있다.

중인배들

잘 모르는 사람과 술을 마시는 일이 종종 있다. 한 사람이 자기 아는 사람을 부르고 또 그가 누굴 부르는 식으로, 교집합이 되는 사람을 제외하고는 서로 잘 모르면서 한데 어울리게 되는 술자리 말이다. 그렇게 이따금 평소라면 모를 사람들, 다양한 분야에서 크고 작은 유명세를 가진 사람들을 마주할 기회를 가져왔다. 그리고 그런 술자리에서 내 존재는 내 의지와 상관없이 자주 컴컴해졌다. 유명인들과 유명인을 좋아하는 사람들 중 상당수가 나를 없는 사람인 양 취급해서였다. 그들은 몇 번의 대화만으로도 내가 돈이 되지 않는다는 걸, 나를 활용해 이득을 보기 어렵다는 걸 눈치채면 나를 향한 스위치를 꺼

버렸다. 내가 딱히 유명하지 않았던데다, 내가 중요하게 여기는 것들마저 그들에게 썩 유용하지 않았던 것이다. 그들에게는 어떤 본능적인 감이라는 게 있는 듯했다. 필요한 데 쓰기 위해 자신의 에너지를 절약해두는 감. 나는 내가 불 꺼놓은 방처럼 캄캄해질 때마다, 그들이 효율을 중시해와서 그 자리에 올라섰음을 막연하게 짐작하곤 했다.

대체로는 괜찮았다. 기분이 좀 별로기는 했지만, 먹고 마시는 데는 문제가 없었고 아는 사람도 있었으므로 나는 그 자리에서 잘 놀다가 집에 갔다. 어쨌거나 사람들은 각기 중요하게 여기는 게 다르기 마련이었다. 나 역시 그들이 중요하게 여기는 걸 후순위로 두었다. 만약 내 눈앞에 일론 머스크와 버지니아 울프가 앉아 있다면 나는 당연히 일론 머스크가 개무시당한다고 느낄 정도로 버지니아 울프에게 집중할 것이었다. 그건 악의라기보다 그냥⋯ 어쩔 수 없는 거다. 한 사람은 그 자신이 흥미로워하는 것으로 이루어져 있으며 또 그쪽으로 쏟아져버리곤 한다. 게다가 나는 버지니아 울프가 아니었고, 그들 또한 일론 머스크가 아니었다. 그러니 나로선 그들과 한자리에 있다는 것이나 내가 그들로 하여금 투명인간이 된 것을 굳이 사건으로 받아들일 이유는 없었다. 그들 중 책을 많이 읽는, 내가 좋아하는 쪽에 관심을 기울이는 사람은 없었으니까. 말하자면 겹쳐지는 게 전혀 없다는 점이 내 마음을 관대하게 만들었다. 사건이란 그런 것들이 겹쳐질 때나 일어나는 법이었다.

그런 점에서 S와의 만남은 사건이었다.

ㅡ뫄뫄 작가랑 알아요?

내가 작가라는 걸 들은 S는 대뜸 내게 물었다. 구석에서 혼자 술을 마시고 있던 나와 달리, 무르익었던 그 술자리에서 S는 주변부보다는 중심에 가까운 사람이었다. 그를 둘러싼 사람들은 S와 말을 붙여보려고 애썼는데, 나는 그로 말미암아 S가 자기 분야에서 승승장구하고 있다는 걸 짐작했다. S가 말한 뫄뫄 작가 역시 S와 마찬가지로 유명인이었다. 그래서 S가 갑자기 말을 걸어왔을 때, 나는 당황한 걸 숨기려 목을 가다듬고는 상냥한 척 말했다. 뫄뫄 작가가 누군지 알고 또 그의 책을 읽어보았다고, 다만 그와 접점이 없어 개인적으로 만나본 적은 없다고 했다. 그러자 S는 아, 저 그 작가님 좋아해요, 답했다.

S도 당황하지 않을까. 내가 만일 그가 스타트업에 있다는 이유로 그에게 "마크 주커버그랑 알아요?" 묻는다

거나, 그가 미술 쪽에서 일한다는 이유로 "홍라희랑 알아요?"라고 묻는다거나, 그가 영화계에 있다는 이유로 "김민희랑 알아요?(김민희는 그냥 내가 좋아함)" 묻는다면. 그리고 S의 결과물 따위는 관심 없다는 듯, "아, 저는 그 사람의 결과물을 좋아해요"라고 했다면⋯ 아마 S도 나처럼 당황해하며 답했을 것이다.

─아, 예⋯.

내 대답을 들은 S는 나에게서 곧바로 고개를 돌렸고 나는 S의 뒤통수를 바라보며 내가 그의 관심 밖에서 삭제되었다는 걸 느꼈다. 그런 일은 드물지 않았다. 평소처럼 대수롭지 않게, S가 나와 겹치는 게 하나도 없는 다른 사람이라고 여기면 그만이었다. 단지 S가 봐봐 작가에 대한 이야기만 꺼내지 않았다면 말이다. 독자인 S는 작가로서의 나를 알지도 못했으며 조금도 궁금해하지 않았다. 대신 S는 좋아하지 않을 수 없는 훌륭한 글을 쓰는 유명 작가를 언급했다. 내가 그만큼 유명하지 않다는 이유로, 유명 작가와 알고 지내지 않는다는 이유로 나에게 스위치를 내렸다. 그로 인해 나는 영업이 끝나지 않았는데 강제로 꺼진 간판의 불처럼 캄캄해졌다. '내가 아닌 봐봐 작가였다면 애초에 S의 뒤통수를 볼 일 따위는 없을 텐데.

꽈꽈 작가가 죽은 작가였다면 차라리 괜찮았을 텐데.' 그러나 꽈꽈 작가는 동시대 사람이자, 내가 가장 잘하고 싶은 분야에서 살아 숨 쉬고 있었다.

반대편에서는 누군가 S의 환심을 사려고 열정적으로 말을 걸고 있었다. 주로 S가 어떤 성과를 보여주었는지, 그 성과가 얼마나 인상 깊은지에 대한 말들이었다. 나는 거기에 대해 아무것도 몰랐고, 어쩌면 그래서 S의 기분이 망쳐진 것일 수도, 그가 그래서 나를 투명인간 취급하는 것일지도 몰랐다. 나 또한 S에게 쾌활하게 다가갔다면, S의 환심을 사려고 애썼다면 S가 내 글 또한 좋아하게 될지도 모르는 일이었다. 자업자득인가? 그러나 나는 S의 환심을 사고 싶지 않았고 S가 내 환심을 사는 일 또한 바라지 않았다. 내가 S의 성과를 잘 모르는 만큼 S가 내 글을 읽기를 바라지도 않았다. 그저 나는, 이런 식으로 느닷없이 불 꺼진 작가가 되고 싶지 않았을 뿐이었다.

그런 걸 곱씹으며 나는 윤기가 나는 S의 뒤통수를 계속 힐끗거리곤 실수인 척 그 뒤통수를 치는 상상을 했다. '화장실을 가는 척하고 저걸 팔꿈치로 확 칠까, 술을 마시는 순간 넘어진 척 툭 칠까…' 자꾸 상상하다가 진짜로 그래버릴 것 같아 그 자리를 먼저 빠져나왔다. 어차피 내가 중심인 자리도 아니었으므로 나오는 일은 수월했다. 집으로 가는 캄캄한 택시에 앉아 있자니 뒤늦게 속이 울렁거렸다. 'S고 봐봐 작가고 전부 지옥에나 가버리라지.' 나는 까만 택시 창에 비친 내 얼굴이 기이하게 뒤틀려 보이는 걸 빤히 바라보았다. 그건 악의라기보다 그냥… 어쩔 수 없는 거였다. 한 사람이 최선을 다해온 자리에 타인으로 인한 그늘이 자라난다는 것 말이다.

S에게는 아니었지만 나도 환심을 사려고 해본 적이 있다. 몇 년간 나는 동네 책방인 ○○책방에 가끔씩 들렀고 들를 때마다 책을 샀다. 거기서 우연히 내게 의미 있는 책 몇 권을 만났던 경험도 있었다. '어쩌면 내 책도, 내가 사는 동네의 책방에서 누군가와 의미 있는 만남을 할지도 몰라!' 자주 그런 걸 생각하며 ○○책방을 두리번거렸다. 그러나 몇 년간 ○○책방에서 내 책을 발견한 적은 없었다. 한번은 책을 사며 부러 주인과 스몰토크를 시도하기도 했다. 눈도장을 찍고 조금 가까워지면, 그에게 슬며시 말할 수 있지 않을까 해서였다. 사실 저도, 책을… 냈답니다… 하하. 그럼 그가 내 책을 한번 읽어볼 수도, 내 책이 거기 놓일 수도 있지 않을까 싶어서였다.

그러나 ○○책방의 주인은 내가 책 몇 권을 사갔건 상관없이 내게 무관심했다. 도대체 그는 영영 내게 관심이 없을 모양이었다.

딱 한 번, 여러 멋진 작가들과 함께 나도 참여한 공저가 ○○책방에 놓인 적이 있었다. 다른 작가들의 단독 저서는 ○○책방 곳곳에 있었다. 나라고 그러지 못할 법이 있단 말인가? 나도 이 작가들 옆에 이름이 적혀 있는데? 나는 괜히 공저를 들고 이쪽저쪽으로 왔다갔다하며 책방 주인과 눈을 마주칠 기회를 노렸다. 그리고….

–저, 이거 제 이름이에요….

수줍게 말하는 나를 보며 주인은 동그랗게 눈을 떴다.

–계산하시려고요?

여전히 미스테리다. 내 말이 너무 수줍다 못해 기어들어간 건지, 아니면 주인이 책을 읽느라 바빠서 못 들은 건지 말이다. 그즈음 나는 내가 유명하지도 않고 그게 나의 훌륭하지 않음을 증명하며 그렇기 때문에 점점 더 망해가고 있다는 우울에 빠져 있었다. 쏟아지는 관심 없이는 내가 사랑하는 일을 이어가기 어려워진다는 걸 실감하고도 있었다.

어쨌거나 그 일 이후로 나는 더 쪼그라들었고, 이상한

방식으로 ○○책방에 집착하게 되었다. 내 책이 ○○책방에 놓일 정도도 못 되는데 내가 잘하고 있는 게 맞나, 하는 생각을 하게 되었던 것이다. ○○책방은 딱히 유명한 곳도 아니었고 정말로 동네 책방이었으므로 그런 내 생각은 다소 논리적이지 않은 면이 있었다. 그리고 논리적이지 않은 생각이 으레 그렇듯이 나는 거기에 빠져들었다.

함께 ○○책방에 갔다가 내가 저자세로 보일 정도로 안달복달하는 걸 본 영훈은 책방에서 나오며 길바닥에 침을 뱉는 시늉을 했다. "저 책방 주인은 보는 눈이라곤 없어, 너 다시는 저기에서 책 사지 마." 그 뒤로도 영훈은 나와 동네 산책 중 ○○책방 앞을 지나갈 때마다 쌍욕을 내뱉었다. 영훈은 그 많은 책들 중 내 책은 없다는 이유 외에도 주인의 무뚝뚝함을 이유로 들며 ○○책방을 좀 과장되게 싫어했다. 거기엔 내 기이한 조바심과 우울을 달래주려던 나름의 다정함이 묻어 있었고 그래서 그의 그런 과장은 늘 효과가 좋았다. 영훈이 나 대신 실컷 미워해준 덕에 나는 "아이, 그렇게까지 말할 건 없잖아" 하고 덜 옹졸한 척할 수 있었다. 그럴 수도 있지, 하고 덜 속상한 척 관대한 척 넘기며 체면을 유지할 수 있었다.

그렇다고 집착이 쉬이 사라지는 건 아닌 모양이었다. 하루는 내가 ○○책방에 먼저 SNS 팔로우를 걸고 아는 척했다는 걸 영훈에게 들켰다. 평소처럼 산책을 하던 중 영훈은 그 사실을 짚으며 놀라워했다. 지금까지 내가 거기 내 책이 없어서 속상해하던 걸, ○○책방에 환심을 사려고 애써왔지만 별 효과가 없었다는 걸 알고 있었기 때문이었다.

-너 꽤 대인배구나?

영훈은 상대가 맞팔했는지 물었고 나는 ○○책방이 아직 맞팔하지 않았다고 일러주었다. 그러면서 나는 이렇게 말했다. "거기 주인분은 SNS를 잘하는 거 같지 않더라고." 그리고 이렇게도 말했다. "나는 나를 알려야 하는 입장이고, 내가 먼저 다가가는 것도 독자를 만나는 좋은 방법이라고 생각해. 또 나만 해도 봐. 만나고 얼굴을 튼 사람들 위주로 팔로우하잖아. 그쪽에서도 나름대로 그럴 수 있지." 나는 아직 내게 맞팔해주지 않은 이유에 대해 수많은 경우의 수를 들어가며 ○○책방의 편을 들었다.

영훈은 그런가 보다 하고 계속 걸었다. 그 곁에서 나는 대인배인 척 태연한 얼굴로 걸으며 심장을 쿵쾅거렸다. 말은 그렇게 했지만 내심 ○○책방의 팔로우를 끊고 싶었기 때문이었다. 내 계정에 단 한 번만 들어와봐도 내가 그 동네에 살며 이따금 그곳에 들르는 작가라는 걸 알 수 있을 텐데. ○○책방은 며칠째 나를 팔로우하지 않았다. 하지만 한편으로는 팔로우를 끊고 싶지 않았다. '속이 너무 빤히 보이지 않을까? 자주 가는 동네 책방에서 맞팔조차 안 해줄 정도로 안 팔리는 작가인데 옹졸하게 굴기까지 한다면 너무 찌질해 보이지 않을까?'

언젠가 한 계정이 나를 팔로우했던 적이 있다. 나로선 모르는 사람이었고, 이해관계가 없어서 맞팔을 하지 않았다. 며칠 내내 그 계정은 몇 번이나 나를 팔로우했다가 취소했다가를 반복했다. 어서 자신을 맞팔하라는 듯한 그 행동을 모르는 척 나는 끝까지 맞팔을 하지 않았고, 그는 마침내 팔로우를 취소했다.

걷는 내내 그 일을 떠올리면서, 나는 그 모든 게 간지럽고 우스꽝스럽고 또 슬프고 비참하다고 생각했다. 아마 내가 그에게 관심을 갖지 않았다는 사실이 역시 그를 캄캄하게 만들었을 것이다. 그 사람은 지금 나와 같은 마음이었을까? ○○책방은 그때의 나와 같은 마음일까? 정말이지 사람은 왜 그런 걸까. 타인으로 인해 캄캄해진다는 건, 욕망이 시커멓게 비친다는 건 왜 이렇게 사람을 우습게 만들까?

계속 걷다가 마침내 나는 영훈에게 물었다.

—근데 맞팔이 안 온다고 언팔하면 나 소인배냐?

아무래도 대인배로 살 자신은 없었다. 그렇다고 소인
배가 되고 싶은 것도 아닌 내 걱정을 읽은 영훈은 곰곰이
생각하더니 분명하게 고개를 저었다.

—소인배는 아니야.

—그럼?

—대인배인 척도 충분히 했으니까 그거보다는 다운그레
이드 해야지. 너 정도면 중인배야.

그 말이 나름 논리적으로 들려서 나는 조금 쾌활해졌다.

—중인배, 중인배 정도면 충분하지!

○○책방을 언팔하면서도, 나는 중얼거렸다.

—나 정도는 중인배지. 중인배 정도면 충분하지.

이 이야기들을 털어놓자 친구가 말했다. "그 기분 알
지. 내가 꼭 비매품으로 취급당하는 거 같은 기분." 나는
무릎을 탁 쳤다. "이야, 그게 비매품이 된 기분이었구나!"
언젠가부터 친구들과 나는 서로 다른 방식으로 비매품이
되었던 기분을, 그럴 때마다 한없이 찌질해지는 속마음

을 나눈다. 만나고 헤어질 때마다 매번 같은 마무리를 하며 헤어진다. "야 안 되겠다, 우리 유명해지자, 너도 나도 잘 팔아보자! 근데 그거 어떻게 하는 거냐…" 글쓰기 수업을 하면서도 나는 우스갯소리를 곁들인다. "여러분, 그런데 우선 인플루언서부터 되십쇼…. 방법은 모르겠지만요…."

사랑하는 것, 욕망하는 것 앞에서 결코 아무렇지 않을 수 없는 스스로가 찌질하고 옹졸하고 우스꽝스럽게 느껴질 때. 나는 담담한 척 자조를 공유하면서 이런 마음이 나 혼자만의 것이 아니라는 걸 확인하고 안심한다. 그런 자조가 모두에게 사랑받고 싶다는 의미는 아닐 것이다. 누가 아무 이유 없이 그런 사랑을 받는다고 깎아내리려는 의미도, 훌륭해지려는 노력 없이 날로 먹고 싶다는 의미도 아닐 것이다. 어쩌면 그건 사랑과 관심이 차별을 포함한다는 걸 이미 너무나 잘 아는 사람들의 우스갯소리. 어쩌면 그건 단지 캄캄해지다 못해 마음에서 자꾸만 그늘이 자라나는 사람들의 비명. 어쩌면 그건 뭐라도 팔아야 하는 세상에서 스스로가 비매품이 된 기분을 버텨보려는 노력. 어쩌면 그건 대인배는 못 되어도 소인배는 되고 싶지 않은, 쾌활한 중인배들의 한숨.

낙차

　몇 년 전 혼자 미아동에 찾아갔다. 많은 게 변해 있었지만 유년기 내가 살던 집, 적색 벽돌의 다세대 주택은 그대로 있었다. 담벼락과 마당, 커다랗고 장식적인 철문이 놓여 있는 곳이 다세대 주택의 얼굴이라면, 반지하였던 우리집은 다소 느닷없이 얼굴의 왼쪽 귀 즈음에 있었다. 이제 그 집의 현관문은 튼튼한 방화문으로 바뀌었다. 그러나 내가 살던 때까지만 해도 그 현관문은 지금 내 키 정도 높이의 연약한 철문이었다. 옛 건물 화장실에 많이 쓰일 법한, 올록볼록 격자무늬의 불투명한 유리창이 붙어 있는 문. 그 문이 한 집의 입구라고는 생각하지 못한 사람들이 그 앞에 차를 대면, 어린 나는 남의 차 때문에

다 열리지 않는 현관문을 열고 차와 문 사이 틈 사이로 빠져나와 학교를 갔다. 현관의 시멘트 바닥에 옴폭옴폭 발자국을 남긴 쥐처럼 가볍고 기민하게.

바깥 골목과 우리 집 사이엔 낮은 계단 서너 칸 정도의 낙차가 있었다. 계단 아래는 집의 부엌이자 거실이었다. 한번은 폭우에 그 계단을 따라 흐른 비에 발목까지 물이 차서 아빠가 메리야스와 빤쓰 바람으로 물을 퍼냈다. 그즈음 초등학교 과학시간에 전기와 물이 잘 통한다는 것을 배웠던 나는 노심초사 아빠를 지켜봤다. 아빠도 내 친구의 아빠처럼 감전으로 죽을까 봐 겁이 나서였다. 친구의 아빠가 물을 퍼내다 죽은 건 아니었지만 어쨌든. 그로 인해 어른들이 모여 장례식장에 간 밤, 아이들은 한집에 모여 어른들을 기다렸고 그들이 주고 간 콜드 오렌지 주스를 나눠 마셨다. 죽음을 공유하며 그게 뭔지는 잘 몰라도 다시는 일어나지 않길 바란다고 서로를 다독였다.

골목 사람들은 그런 식으로 같은 걸 나눠가졌고 또 다들 고만고만하게 살았다. 그래선지 그렇지 않은 것, 엄마가 집을 꾸미려 애쓰거나 노원역 미도파 백화점에서 내 구두를 사온 일 등은 눈에 잘 띄었다. 어릴 적엔 부잣집

딸내미였던 엄마는 가난해졌어도 어떻게든 첫 딸에게 좋은 걸 주려고 했다. 골목 사람 몇몇은 우리 옆집에 모여 흉을 봤다. 미친년, 지하에 사는 주제에. 그들은 우리 집에 놓인 비싼 애기 구두가 귓밥이라도 되는 양 파내려고 했다. 마당과 통하는 작은 화장실은 방음이라곤 전혀 안 돼서, 엄마는 들려오는 흉들을 노동요 삼아 울면서 빨래를 했다. 나중에 엄마는 그 구두가 제 값보다 유독 더 비싸 보이긴 했다고 회고했다. 그때 엄마에게는 주어진 돈으로 살 수 있는 것 중 가장 값져 보이는 걸 척척 골라내는 능력이 있었다. 엄마는 골라낸 것들로 딸들이 눈에 띄게 빛나길 바랐다. 그에게는 가족 아닌 자기 자신을 위해 그런 걸 사는 능력이 없어서였다.

그러나 스스로에게 뭘 해주지 않고도 엄마는 눈에 띄게 예뻤다. 야무진 엄마는 남의 똥 팬티를 빤 적도, 거리에서 귀걸이를 판 적도 있었는데, 사람들은 자주 예쁜 엄마와 그런 일이 어울리지 않는다고 면전에 대고 신기해했다. 나는 엄마가 우는 건 싫었지만 엄마가 그런 말을 들을 정도로 눈에 띄게 예쁜 건 좋았다. 동네 어른 중 한 명, 내 단짝 친구의 엄마인 미소 아줌마는 엄마가 예뻐서 한 번 놀랐고 그런 엄마가 골목을 걷다가 웬 작은 문을 열고 그리로 들어가서 두 번 놀랐다고 했다. 그가 매번 그런 말을 할 때마다 엄마는 마음 놓고 웃었다. 다른 어른들과 달리, 가까이 지내던 미소 아줌마에게 미움이나 조롱의 기색은 전혀 없었으니까. 단지 아줌마는 조금 푼수 같은 구석이 있었고, 그래서 내 엄마의 외모와 엄마가 사는 곳 사이 우리 집 계단만큼의 낙차가 있으며 자신이 그걸 발견했다는 걸 거듭 말하고 싶어 했다.

집안의 여자들은 평생 그런 말을 들어왔다.

가장 많이 들은 건 할머니일지도 모른다. 할머니는 엄마와는 정반대로 눈에 띠었다. 동거인은 처음 할머니를 보고는 할머니가 세련되었다고 나에게 놀란 얼굴을 했다. 할머니는 죽기 1년 전까지도 실내복을 차려입고 방 한구석에 내가 보내준 에드워드 호퍼 그림을 걸어놓는 노인네였다. 그런 할머니의 노력이란 아주 오랫동안 벼려진 것으로, 너무 복잡한 나머지 여기에 다 쓸 수 없는 그의 개인사에서 비롯되었다. 그가 어찌나 꼿꼿했는지 잘 모르는 사람들은 좀처럼 할머니가 가난하다고는 생각하지 못했다. 우리가 미아동에 살았을 때, 동네 사람들은 지하로 들어가는 할머니를 보며 배운 사람이 뭔가 사정이 있어서 그렇게 되었거니 여길 정도였다.

그걸 증명하듯, 간혹 할머니는 나를 위해 파리바게트에 가서 크림이 든 롤케이크나 설탕이 발라진 토스트 같은 걸 딱 한 조각씩만 사왔다. 그런 걸 사주는 어른은 드물었으므로 나는 빵을 아주 맛있게 해치웠고 할머니는 손녀의 먹성을 흐뭇해했다. 그러나 그는 한편으로 당시 동네에서 가장 쾌적한 프랜차이즈 빵집에 드나드는 자신을, 다른 할머니들과 달리 그곳에서 당황하지 않고 빵을 고르는 자신을 흐뭇해했던 것도 같다. 눈에 튀는 건 천박한 일이라며 싫어하던 할머니는 정작 그런 식으로 자기가 눈에 띄는 건 좋아했다.

몇몇 친척들은 할머니를 흉하게 여겼다. 할머니가 보이려던 기품과 할머니가 사는 곳 사이에 낙차가 있다는 거였다. "노인네가 참 노인네답지 않게 허영이 많아." 그건 엄마가 들은, "미친년, 지하에 사는 주제에"와 비슷한 맥락이었다. 그 무렵 어른들은 내 앞에서도 그런 말들을 서슴지 않았는데, 내가 그걸 이해하지 못할 정도로 어렸기 때문이었다. 실제로 나는 그런 유의 말을 들을 때마다 궁금했다. 내 구두가, 엄마가 예뻐서 뭐 어떻단 말인가? 할머니가 뭘 어쨌단 말인가? 우리 집이, 뭐가 어떻단 말인가?

그러나 나는 그런 걸 궁금해하다가도 곧장 계단을 밟고 밖으로 나가 다세대 주택의 아이들과 다 같이 어울렸다. 고무줄을 가르쳐준 옆집 미지와 함께 지렁이를 잡고 구더기를 주우며 실컷 놀다가 해가 지면 흙투성이가 되어 다시 계단을 밟고 집으로 내려왔다. 나는 주어진 것에 충실한, 노는 게 행복한 어린애에 불과했던 것이다. 그때 나에게 벌레란 매일의 놀잇감으로, 하루는 집에서 내 엄지만 한 바퀴벌레를 가위로 잘라보려 애쓰기도 했다. 그걸 본 할머니는 별 말 없이 맨 손바닥으로 바퀴를 쫙 때려잡은 뒤 깨끗하게 손을 씻었다. 그 손으로 집안에서 입는 실내복을 다렸고 머리를 만졌고 커피를 내리고 책을 읽었다. 마치 어쩌다 유배된 귀족마냥 절도 있게. 그렇게 구는 스스로에게 약간의 자부심도 느끼는 듯한 할머니를, 나는 입을 벌리고 쳐다보았다. 그러다 나도 질세라 책을 펼치면, 예쁜 내 엄마는 어린 내게 또 무슨 책을 사줄지 고민했다.

내가 어른들이 말한 낙차를 이해하게 된 건 조금 더 자라서였다. 지인 중 한 명은 자신은 절대로 반지하에서는 못 지낼 거라고, 습하고 벌레도 나와서 싫다고 했다. 사람들은 여전히 내 앞에서도 그런 말들을 서슴지 않았다. 다른 게 있다면 내가 그걸 이해하는 어른이 되어버렸다는 것이었다. 나중에 그 얘기를 들은 동거인은 "걔는 너 사는 걸 뻔히 알면서도 왜 그러냐"고 못마땅해했는데, 정작 나는 그런 말을 한 지인이 못된 게 아니라 평범하다고 여겼다. 그는 그저 자신에게 당연한 조건이자 원하는 주거 환경을 말했을 뿐이었다. 사실 무심코 그러는 건 동거인도 마찬가지였다. 영화 기생충을 보던 중 그는 곱등이가 집에서 나오는 게 너무 지나친 설정이라고 했다. 한번은 같이 TV를 보는데 혼자 사는 내 또래 연예인과 그의 집이 나왔다. 결코 벌레 같은 건 나오지 않을 근사한 집이었다. "저 나이에 저런 데서 혼자 살 수 있구나" 하고 내가 감탄하자 동거인은 월세로 저 정도 사는 것쯤은 별것도 아니라고 일축했다.

그럴 때마다 나는 미아동의 집을 떠올렸다. 누군가 살고 있는 집의 입구라고는 생각하지 못한 사람들이 현관 앞에 차를 댔던 것이나, 현관 뒤 몇 칸의 계단, 그 아래 분명히 존재하던 삶 같은 것을. 말하자면 나에게는 계단이 있었고, 나와 내가 놓인 곳 사이에는 그 계단만큼의 낙차가 있었다. 그런 일들로 말미암아 나는 나의 당연함이 누군가에게는 불가능의 영역에 있다는 것과, 그들의 당연함이란 나의 일부를 부정해야만 가능해진다는 걸 알게 되었다.

다만 나는 내가 좋아하는 사람들이 내 앞에서 매번 조심하지 않기를 바랐다. 그들의 일부이고 싶었던 건 나였으므로, 조심해야 하는 쪽은 나라고 여겼다. 내 삶 대부분의 시간 동안 내 가족이 지내온 반지하, 어린 시절 잡고 놀았던 벌레, 여름날 동생과 곱등이를 잡느라 흘렸던 진땀, 누군가는 별것도 아닌 집에서조차 평생 살아본 적 없다는 사실…. 그 모든 불가능 속에서 내가 태어나고 자라왔다는 것을 비명처럼 뱉지 않기 위해서는 무수한 조심이 필요했다. 그게 내가 아무렇지도 않다는 의미는 아니었으므로 뱉지 못했던 비명은 결국 하나둘 글이 되었지만….

모니카 마룬은 자신이 태어났을 때는 전쟁 중이었으며, 만약 죽을 때까지 전쟁이 지속되었다면 사람들이 독을 먹고 죽은 쥐를 장난감으로 생각했던 것처럼 자신은 전쟁을 자연스러운 삶으로 여겼을 것이라고, 대부분의 사람들처럼 자신도 나중에서야 쥐를 무서워하게 되었다고 썼다.° 나는 그 문장들을 단번에 이해했다. 어쨌거나 대부분의 사람들처럼 나도 나중엔 벌레도 반지하도 싫어하게 되었으니까. 그것은 본능이었다. 벌레에 대한 혐오의 본능보다는, 내가 도달하고 싶은 사회의 구성원이고자 하는 본능. 아마도, 엄마와 할머니에게서 물려받았을 본능….

그 본능으로 나는 엄마와 할머니를 뒤늦게 제대로 이해한다. 내 집안의 여자들은 눈에 띄고 싶은 게 아니라, 실은 눈에 띄고 싶지 않았던 거라고. 이 무리에서 달라 보이고 싶었던 게 아니라 저 무리와 같아 보이길 바란 거라고. 이 무리에서 눈에 띄게 달라야만, 저 무리에서 눈에 띄지 않고 어울릴 수 있는 법이었다. 그건 계단을 수시로 오르내린 집안의 여자들이 내게 준 지혜다. 그들은 계단 아래로 내려가는 일이 어떤 의미였는지 일찌감치 알고 있던 것이다. 다만 내가 지닌 세세한 기억들은 나에게 계단 아래에도 삶이 있다고 알려준다. 나는 그것이 어린 내게 얼마나 자연스러웠는지 잊지 않는다. 그건 나의 지혜다.

○ 모니카 마룬, 《슬픈 짐승》, 문학동네, 137쪽.

작년 내 생일날 할머니는 부드러운 재가 되었다. 몇 달이 지난 뒤 할머니를 모신 곳을 다녀오면서, 엄마는 눈물을 훔쳤다. "너네 할머니는 널 가장 예뻐했는데." 엄마는 내가 할머니가 다니다 자퇴했다고 거짓말한 대학에 진학해서, 이 집에서 눈에 띠게 배운 사람이 나라서 더 그럴 거라고 했다. 할머니가 나에게 스스로를 투사해봤다는 거였다. 하지만 그건 울면서 빨래를 하던 엄마 역시 좋아하는 것이었다. 할 수 있는 것 중 값져 보이는 것만 골라서 주려던 엄마의 능력이 없었다면 내가 대학에 가는 일은 없었을 테니까. 그런 걸 생각하며 나는 고개를 끄덕였다. 어쨌거나 할머니는 나를 많이 사랑했고 나도 할머니를 사랑했다. 나는 언젠가 그가 내게 맛있는 빵을 사다주었던 걸 기억하고 있었고, 그처럼 나 역시 그가 죽기 전까지 그에게 좋은 것을 가져다주려 애썼다.

하루는 내 앞에서 할머니가 무심코 벌레를 손으로 때려잡았다. 마치 어린 시절과도 같은 광경이었는데, 달라진 게 있다면 내가 절도 있는 그 몸짓에 몸서리친다는 사실이었다. 이제는 내 주변 그 누구도 벌레를 아무렇지도 않게 손으로 때려잡지는 않았다. 그것은 벌레가 당연한 데서 살아온 사람만 할 법한 행동이었다. 그래서 어떤 어른들은 할머니를 흉하게 여겼던 것이었다. '미친년, 지하에 사는 주제에.' 어른들은 꼭 미소 아줌마처럼, 할머니가 보이려 한 모습과 그가 살아온 삶 사이엔 옛 집 계단만큼의 낙차가 있으며 자신이 그걸 발견했다는 걸 거듭 말하고 싶어 했다. 미소 아줌마와는 달리 그들은 그 계단으로 할머니가 굴러 떨어지길, 그래서 정신을 차리길 바랐다.

하지만 그들과 달리 나는 그의 본능도, 그가 품은 계단도 아는 어른이었다. 그러므로 나는 할머니에게 끝끝내 벌레를 손으로 죽이는 의미에 대해 말하지 않았다. 대신 나는 그가 죽을 때까지 유배된 귀족 대하듯 그를 대했다. 그가 보이려 했던 바로 그 모습으로. 엄마는 할머니가 나에게 스스로를 투사했다고 했지만, 돌이켜보면 나 역시 할머니에게 나를 투사했던 것 같다.

사람들이 놀라움을 표현하는 방식은 흥미롭다. 잘 만들어진 집밥을 먹을 때는 밖에서 파는 밥 같다고 하고, 파는 밥에는 집밥 같다고 한다. 생화를 보면 가짜 같다고 하고, 조화를 보면 진짜 같다고 한다. 집밥이 파는 밥 같다는 건 결국 그게 집밥이라는 의미이듯이, 내가 종종 들는 말도 비슷한 맥락일 것이다. '너는 그렇게 보이지 않네.' 그건 내가 그렇게 보인다는 뜻이다. 칭찬이든 경멸이든, 집안의 여자들은 평생 그런 말을 들어왔다. 누군가는 나의 외모와 내가 살아온 삶 사이 미아동 집 계단만큼의 낙차가 있으며 자신이 그걸 발견했다는 걸 거듭 말하고 싶어 하는 것이다. 태어난 곳은 그런 식으로 사라지지 않는다. 그곳이 어떻게 해도 나에게 영원히 달라붙어 있을 거란 점에서, 미아동 집은 영영 나의 집이다. 굳이 변명해보자면 내가 홀로 미아동을 찾아가 필름 카메라로 옛 집의 현관을 몇 장 찍은 건 그 때문이었다.

그러나 한편 그 집은 이제 분명한 남의 집이었다. 그걸 확인시켜주듯, 그날 동네 주민 몇몇은 나에게 다가와 왜 남의 집을 찍느냐고 물었다. 외부인을 대하는 듯한 그들의 적의에 나는 당황했다. 내 행동이 눈에 띄리란 것도, 그런 질문을 받을 거라곤 조금도 예상하지 못했던 나는 우물쭈물하며 내가 사진과에 재학 중인 대학생이고, 유년기 살았던 집의 사진을 찍어오는 과제를 받았다고 거짓말했다. 급조한 것 치고는 나름 그럴싸한 거짓말에 사람들은 조금 누그러졌는데, 어쩌면 그건 가까이서 본 내 얼굴 군데군데 콧물이 메말라 있어서였는지도 모른다. 내가 조용히 하지만 꼴사납게 울고 있었던 것이다.

민망한 나머지 인사를 하고 황급히 자리를 뜬 나는 뒤늦게 누군가 사는 곳을 낯선 이가 사진으로 찍는다는 게 얼마나 이상한 일일지 곱씹으며 새빨개진 귀를 문질렀다.

-왜 남의 집을 찍어요?

그 목소리는 그 집이 나의 집인 동시에 더는 나의 집이 아니라는 걸 알려준다. 나는 이제 그곳에 살던 사람으로 보이지 않는다. 그로 인해 옛 동네 사람들이 내게 보인 낯선 적의야말로 어쩌면 엄마와 할머니가 가장 바랐던 바일 것이다. 어쩌면 나도. 하지만 정말로, 정말로 바라왔는가. 나는 때로 내 안에 있는 계단을 향해 비명을 지르듯 묻는다. 귀를 기울이면, 그것을 오르내리다 숨이 찬 영혼이 또르르 굴러떨어지는 소리가 들려온다.

배반을 격려하기

어쨌거나 부모를 배반해야겠다고 여러 번 다짐해왔다.

자식이 부모가 살던 방식 그대로 산다는 건, 자식과 부모의 세상이 규모도 모양도 같다는 게 아닐까. 모든 게 빠르게 변화하는 시대에서 두 세상이 같다는 건, 무엇도 새로이 바뀐 게 없다는 뜻이 아닐까. 때때로 그러한 같음은 부모가 자식에게 자신 너머로 갈 기회를 주지 않았거나, 자식이 부모 너머로 가보지 못했다는 증거가 될 수도 있지 않을까.

그렇다 해도 별 문제가 되진 않는다. 나는 부모를 잘 섬기며 모범적으로 자란, 제 부모와 같은 삶을 사는 멋진 이를 몇 안다. 대대로 이어지는 안정적인 삶은 부러움을 살 만하고, 가까이 들여다보면 그 삶 역시 치열한 고군분투로 이루어져 있다. 다만 그럼에도 나를 매료시키는 쪽은 언제나 기존 세계의 바깥으로 가보는 이들이었다. 원래의 기준이 스스로에게 최선인지 의심해보는 쪽. 다른 세상을 궁금해하는 쪽. 삶을 보장받지 못하더라도, 경계를 끊임없이 재설정하고 배반하며 제 세상을 운동시키는 쪽.

그로부터 얻은 활기 넘치는 얼굴들은 내가 아는 무미건조한 삶의 대안 중 가장 생생해 보였는데 어쩌면 내게 이어갈 기존의 자산이랄 게 없어서 그런 걸지도 모른다. 가질 수 없는 기존의 좋음을 욕망하다 지치지 않기 위해서라도, 내게는 내가 접근할 수 있는 새 기준들이 필요했다. 그러나 꼭 그런 이유가 아니더라도 나는 본능적으로 바깥에 끌렸다. 자라며 읽어온 글 대부분은 다른 세상으로의 초대장과도 같았던 것이다. 비좁은 내 세상이 넓어지며 나를 따라오던 설렘, 두려움, 초조, 고통, 그 모든 게 뒤섞인 복잡하고도 커다란 기쁨. 낯설기 때문에 가능해지는 감정들로 말미암아 나는 기존의 내 세상을 뒤흔들어놓은 초대장들이 죄다 바깥에서 왔음을 눈치챘다. 그렇게 뒤흔들린 경험들은 나로 하여금 바깥을 지향하게 만들었다. 자식으로서도 그랬다. 맏딸인 나는 내 부모를 초대할 수 있는 내 세상을 갖길 퍽 간절히 바라왔던 것이다. 첫 책에서 쓴 이야기들은 부모로서는 제대로 알 리 없는 내 마음들이었다. 내가 아는 나와 그들이 생각하는 나는 다르다 못 박으려고, 그들의 손을 놓으려고, 어딘지 모를 새로운 세상으로 떠나가려고 울면서 글을 썼다. 거기엔 기존의 나에게 소중했던 것을 있는 힘껏 배반하는 용기가 필요했다.

몇 년 전부터 엄마와 의견이 어긋날 때마다 거듭 말한다. 내가 엄마여도, 자식이 엄마의 방식을 채택하지 않으려 한다면 마음이 아플 거 같다고. 그렇지만 내 세상이 엄마의 세상과 다르기를 그 누구보다 엄마가 바란다는 걸 안다. 같은 방식으로는 우리의 세상이 꼭 같아져버릴 것이다. 그 세상은 우리 둘이 살기엔 비좁을지 모른다는 말을 부드럽게 늘어놓은 뒤로, 언제부턴가 엄마는 아파하면서도 엄마 너머의 방식을 받아들인다. 내 배반을 받아들여준 것이다. 아빠도 마찬가지다. 부모와 나의 사이가 그 어느 때보다 좋아졌다고 느낄 때마다 새삼스럽다. 우리는 가족이지만 이따금 서로를 모르는 구석이 있는 손님처럼 여긴다. 누군가를 초대할 수 있는 삶은 비좁지 않고, 우리는 다른 세상에서만 서로를 초대할 수 있다는 걸 이해한다는 듯이.

다만 몰랐던 게 있다.

지난번에는 동생과 둘이 맥주를 마셨다. 술 앞에서 동생은 남들 보기에 자기가 얼마나 한심할지를 늘어놓았다. 동생과 나는 나이 차이가 꽤 나고, 그건 동생이 겪었을 법한 일을 내가 미리 겪고 망치고 실패해봤다는 걸 의미했다. 나는 되도록 웃기게 내 흑역사를 줄줄 읊으며, 지금도 나는 별로이고 그걸 받아들이기 쉽지 않다고 말해주었다.

—그래도 20대 때보다는 조금 더 쉬워진다는 게 30대의 축복인 거 같아.

그러자 동생이 불쑥 "하긴 언니가 내 나이 때…" 하고 비겁하게도 자기가 기억하는 내 흑역사를 줄줄 읊으며 내가 정말 별로였음을 증명했다. 내가 만난 이상한 남자와 내가 입었던 이상한 옷과, 내가 한 구린 일 같은….

—언니도 생각해보면 진짜 이상했지.

—닥쳐.

맥주잔이 부딪히며 유쾌한 소리를 냈다. 잔을 내려놓

는 동생의 얼굴은 조금 개운해 보였고, 나는 헛되게 보낸 과거의 시간들이 좋아졌다. 흑역사가 타인을 달래는 데 유용하다는 걸 알면 자신의 흑역사조차 조금은 사랑하게 된다. 때론 남의 흑역사를 빌려 어떻게든 생이 주는 모멸 감을 이겨내야 하는 법이지. 그런 생각을 하며 목을 축이 는데 동생이 나지막이 말했다.

－언니가 맨날 그랬잖아? 언니 말은 참고만 하라고.

동생은 유독 내 말을 귀담아 듣곤 했다. 엄마가 어릴 때부터 내가 그 애의 엄마라고 말해 와서? 나이 차이가 다섯 살로 꽤 나서? 그 애가 가장 힘들었던 시기에 내가 옆에 있으려고 애써서? 아무튼 동생이 지금은 제 삶에 나를 차용하더라도, 내게는 언젠가 그 애 스스로의 말만 으로도 충분할 거라는 믿음이 있었다. 사람은 자신의 선 택으로만 생겨나는 그 자신의 세상이 있는 법이었다. 그 래서 나는 동생에게 내 말은 어디까지나 내 방식일 뿐이 니 가끔은 일부만 취하거나 반박하거나 네 마음 가는 대 로 하라고 말해왔다. 나아가려면 익숙했던 무언가를 두 고 가야하고, 그 익숙함에는 내가 포함되어 있을 것이었 다. 그런데….

－예전에는 언니 말이 무조건 맞는 줄 알았는데, 이젠

그렇지만은 않아. 언니도 다 내 나이였구나 싶더라니까.

-그럼, 그럼.

나는 굳은 표정을 가리기 위해 맥주를 한 잔 더 시켰다.

최근에는 산책 중에 동생에게 전화가 와서 긴 통화를 나눴다. 그날 동생의 학원 선생님이 동생에게 존경하는 사람이 누구인지를 물어서 동생은 N의 이름을 말했다고 했다. N은 내 친구이자, 동생이 가고자 하는 분야에 대해 잘 알고 있는 유명인이었다. 몇 달 전 N과 나와 내 동생은 함께 만났다. 내 동생이 한참 가라앉아 있던 시기, 나에게 이야기를 전해들은 N이 동생을 만나 밥을 사주고 위로해주기 위한 자리였다. 그날 N이 해준 말에 동생이 정말 큰 위로를 받았으므로 나는 N이 무척 고마웠다. 가족이 줄 수 있는 위로는 한계가 있다. 동생이 N에게 내가 줄 수 없는 방식의 커다란 위로를 받는 것. 그것이야말로 그날의 자리를 만들며 내가 바라던 바였다.

하지만 그게 N을 존경한다는 이유라니?

나는 N에게 불타오르는 질투를 느꼈으므로 그날 온화한 목소리를 꾸며내며 동생에게 내가 하고 싶은 말을 숨겨야 했다.

'야, 미친. 그간 널 돌본 건 난데 돌았냐?'

엄마 집에는 작은 갈색 개 호두가 있다. 분리불안이 심한 그 개는 내가 자기 세상이라도 되는 마냥 나를 졸졸 따라다닌다. 나는 툭하면 들러붙는 개에게 독립심을 길러주겠다며 엄하게 굴면서도, 호두 역시 나를 특별하게 여기는 것 같아 그게 내심 기쁘다. 개가 이따금 나를 뒤로 한 채 다른 사람들에게 달려가 배를 까뒤집을 때면 짙은 배신감을 느낀다. 망할 개, 남이 간식주면 지 주인도 버릴 개새끼. 나는 개가 나를 잊을까 봐, 이렇게 커다란 내 사랑을 그 개가 아무렇지도 않게 여길까 봐 조금 두려운 것도 같다. 그래도 그나마 개를 대할 때 그러는 건 괜찮다. 나보다 먼저 세상을 떠날 개의 생 정도야 어떻게든 내가 최선을 다해 감당할 수 있을 거 같으니까.

문제는 내가 동생에게도 그런 걸 느낀다는 것이다.

유달리 나를 따르는 동생이 나에게 물들지 않게끔 하려고 오랜 시간을 쏟았다. 혹 그 애가 내 기대에 부응하려다 자신을 거기 묶어둘까 봐 두려웠다. 그 애처럼, 타인이 상상해온 인물이 되려는 마음이 내게도 있었으니까. 그 마음은 내가 인간으로서 가진 상냥함을 보여주기도 했지만 중요한 순간마다 내가 나 스스로를 배반하게 만들었다. 내 모든 흑역사는 그곳에서 자라난 것이었고,

익숙한 것들을 배반해야겠다고 다짐해온 건 그 때문이기도 했다.

그러나 정작 동생이 나 아닌 N에게 감사를 느낀다는 것조차 괴롭다. 동생이 무언가를 잘 해내면 기쁘다가도 그 애가 나와 무관하게 제 할 일을 잘 해나간다는 사실에 불현듯 외롭고 쓸쓸하고 허무하다. 그런 게 도통 믿기지 않는다. 내 마음 깊은 곳에선 언제까지고 동생을 좌지우지하고 싶어 한다는 게. 동생이 나와 무관한 자기 세상을 만들어가길, 조금씩 내가 모르는 존재가 되어가길 바라왔으면서도 슬프고 분한 마음이 함께 치밀어 오른다는 게. 내가 이토록 저를 깊게 사랑해왔다는 걸 동생이 홀랑 잊어버리면 어떡하지. 내가 동생을 조금도 매료시키지 못하는 사람이 되면 어떡하지. 동생이 내 품을 떠나버리면 거기 덩그러니 남을 내 마음은 어떡하지. 야, 니가 나를 배신해?

한때는 내 사랑이 너르고 깊은 줄만 알았다. 하지만 동생을 향한 내 사랑은 깊긴 하되 목구멍마냥 좁은 모양이다. 때론 목구멍 안쪽부터 뜻하지 않은 말들이 울컥 올라오고, 그럴 때마다 나는 거울 앞에서 서서 입을 벌리고 그 안을 들여다본다. 거기 누군가를 옭아매려는 컴컴한

심연이 있기라도 한 것처럼. 들켰다간 나를 곤란하게 할 심연이.

입을 닫으며 생각한다. 내 사랑이 이토록 옹졸하고 좀스럽고 짜칠 줄이야.

부모를 배반하길 다짐해온 만큼, 동생의 배반을 진심으로 격려해왔다. 배반이란 누군가의 격려 없이 쉽지 않으므로. 그런 격려야말로 한때 내게 그 무엇보다 필요하던 것이었으므로. 단지 오래전에는 배반하는 용기만 필요하다고 생각했다. 하지만 배반당하는 데도 용기가 필요하다. 내 심연을 들여다볼 용기. 내가 사랑하는 사람이 언제나 내가 아는 그 사람이길 바라는 걸 그만두는 용기. 그 애가 낯설어지길 바라는 용기. 그 애가 저 자신에게 온 초대장을 들고 제 세상으로 나가도록 밀어줄 용기. 언젠가 내 온 마음을 다한 존재의 뒤편에 놓여야만 한다는 슬픔을 감내할 용기. 내가 미처 몰랐던 건 누군가를 향한 커다란 사랑에도 불구하고 그런 용기란 정말로 아프다는 것이다. 무뎌지기까지 꽤 많은 시간이 필요할 만큼.

아름다움에는 더 많은 것이 속해 있어

한정된 공간에 무엇을 들일지, 같이 살려면 그 선택의 기반이 되는 아름다움을 둘이서 합의해야 한다. 몇 년째 동거를 하면서 느낀 건 그 일이 생각보다 복잡하다는 것이다. 이를테면 동거인은 값비싸고 세련된, 그러니까 좀 사는 집에 놓여 있을 법한 우아한 물건을 좋아한다. 딱 봐도 좋은 것. 그는 그런 양질의 물건들이 쾌적한 환경에서 제자리에 딱딱 떨어지게 놓여 있을 때 자아내는 분위기를 아름답다고 여긴다. 그것은 까다로움의 소산이다. 같이 좀 살아본 바 동거인은 꼬장꼬장하기 이를 데 없다. 그는 질 낮은 물건을 제 영역에 절대 허용하지 않고, 주어진 게 별로면 곧바로 바꾸며, 더 좋은 걸 보면 당연히

제가 누려야 한다는 듯 욕망한다. 반면 나는 질 낮은 무언가가 누군가의 최선일지 아닌지를 궁금해하는 데 시간을 보낸다. 주어진 건 우선 견디고 보며, 더 좋은 것 앞에선 그걸 가져야 하는 이유를 스스로에게 따져 묻는다. 후자를 조금 더 좋아 보이게 쓴 거 같다면 기분 탓이다….

동거 초반 나는 자주 삐딱해졌다. 동거인의 미적 감각에 동의하지 않는 건 아니었다. 오히려 우리의 미감은 비슷했고, 동거인은 내 취향을 썩 신뢰했다. 거기다 내 사정, 작가의 주머니 사정을 빤히 아는 그는 내게 뭘 요구하지도 않았다. 동거인의 최고 장점은 쩨쩨하지 않은 것으로, 자기 돈을 들여 근사한 물건을 턱턱 사는 그에게 내가 얹을 말은 없었다. 심지어 나는 은근슬쩍 쭉 탐내왔지만 내 수입으로는 사지 못할 물건을 사도록 동거인을 구슬리기까지 했다. 그러면서도 집이 예뻐질수록 뭐랄까, 나는 동거인이 못내 '아니꼬왔'다. 친구는 좋은 게 좋은 거 아니냐고, 나보고 좀 돌은 거 같다고 했다. "너는 도대체 뭐가 문제냐?" 나는 나쁜 건 싹 배제하고 좋은 것만 두려는 바로 그런 게 문제 같다고 했다. 사람이 좀 만족할 줄도, 참고 견딜 줄도 알아야지. 세상 이기적이게 저 좋은 것만 곁에 두고 살아? 우아한 것의 집합. 나는 그런 게 보기에는 좋을지 몰라도 '진짜' 아름다움과는 거리가 멀다고 강조했다.

이제와 생각해보면 나는 그저 무언가를 보호하려고 했던 것도 같다. 그때 나는 막 동거인의 삶으로 건너가던 참이었다. 그건 내게 친숙했던 것, 내가 지내온 환경 대부분이 동거인이 생각하는 아름다움에 미달한다는 걸 낱낱이 확인하는 과정과도 같았다. 그전까지 나는 가족과 지냈다. 내 가족은 평생 소득이 낮았고 내 소득도 그랬다. 반면 동거인의 삶은 비교적 여유로웠다. 동거인이 숨겨진 재벌 같은 건 아니었다. 그에 따르면 그는 단지 좁고 낡은 주공아파트에 사는 직장인이자, 더 쾌적하고 근사하게 살아보려 애쓰는 평범한 사람이었다. 우습게도 그 때문에, 나는 어떤 세계와 그 최선이 그가 말하는 평범에 훨씬 미치지 못하다는 걸 매번 상기했다. 나 또한 동거인과 같은 걸 욕망했음에도, 그런 게 아름답지 않다고 기를 쓰고 버텼다. 나는 내 가족이 참여할 수 없는 아름다움이 많이 아팠던 것이다.

결과적으로 나는 동거인의 까다로움에 오염되었다. 좋은 건, 좋은 거다. 값비싼 물건은 유능하고 세련된 물건은 유행을 타지 않으며 쾌적한 환경은 사람을 바꿔놓는다. 그런 걸 원하지 않는 법은 처음 만난 사람의 내면을 단번에 알아보는 법만큼이나 미스테리다. 몇 년간 함께 살면서, 나는 주변에 질 좋은 물건만 두려는 동거인 덕에 그 옆에 머무는 내 삶이 덩달아 나아졌다는 걸 느낀다. 요즘 나는 갓 출마한 보수 진영 당원처럼 미소 짓는다. 어지간한 일에도 시몬스 침대마냥 흔들리지 않고 차분하게 제 할 일을 해낸다. 무엇보다 가족을 그 어느 때보다 잘 챙긴다. 나는 스스로가 편안하다고, 조금은 유능해졌다고 느낀다. 엄선된 곳 가운데 자신을 둘 때 비로소 지켜지는 게 있다고도.

그걸 가능하게 하는 조건에는 나와 동거인의 기질 차이만큼이나 분명한 성차와 계급 차가 있다. 그러나 지금 말하고 싶은 건, 어쨌거나 지금 나의 삶은 전체적으로 나아졌으며 나로선 동거인이 추구하는 아름다움을 인정하지 않을 도리가 없다는 것이다. 이제 나는 그게 틀림없는 아름다움이라는 데 깨끗하게 승복한다.

내 생일은 아직 멀었는데, 모든 걸 미리미리 준비하는 편인 동거인은 벌써부터 생일 선물로 무엇이 갖고 싶은지 묻는다. 비싼 걸 뜯어낼 절호의 기회에 열심히 머리를 굴려보지만 마땅한 게 잘 떠오르지 않는다. 이럴 때 떠오르는 게 하필 값비싼 물건도 아닌데다 어차피 구할 수도 없는 물건이다. 나는 작년에 죽은 내 할머니의 탁상 스탠드를 갖고 싶다.

어제는 길에 놓인 한 무더기의 가구를 봤다. 아빠라면 주웠을지 모르는 투박하고 튼튼한 가구들이었다. 아빠는 주워온 가구와 당근 무료 나눔으로 받아온 물건들로 신림의 아파트를 채웠다. 여수에서 죽어가던 할머니를 데려와 서울에서 함께 지내려고, 할머니가 위급할 땐 빠르게 근처 병원에 데려가려고 아빠가 3교대를 해가며 얻은 아파트였다. 할머니는 고생하는 아빠에게 미안해하면서도 집을 채운 가구들이 못생겼다고 싫어했다. 집안에 후진 걸 두느니 차라리 아무것도 들이지 않는 게 낫다고 생각하는 눈치였다. 언젠가 해외여행을 다녀온 친척은 내게 할머니가 허영이 많다고 흉을 보았다. 할머니가 면세점에서 샤넬 립스틱을 사다달라고 부탁했다고, 할머니가 어째 영 할머니답지 않다는 것이었다. 그는 할머니에게 라네즈 립스틱을 사다주었다고 했다. 라네즈 립스틱엔 문제가 없지만 할머니라면 그러느니 아무것도 사지 않았을 것이다. 내가 아름다움을 운운하는 건 그런 할머니의 첫손주이기 때문일지도 모른다. 할머니는 할머니답지 않게 아끼는 첫손주인 내 물건이라도 있어 보이면 탐냈고 후져 보이면 버리라고 하는 사람이었다. 허영을 좀 아는 그는 세상에서 말하는 뭐뭐답다, 를 대체로 싫어했다. 할머니답고, 가난한 사람답게 굴면 무시당한다고 믿었다. 처지를 잘 숨길 수 있을 만큼 취향이 까다로워야 더 나은 삶을 살 수 있다고, 그래야 누가 우습게 보지 않는다고 믿었다. 그 시절 이혼하고 여자 혼자 방방곳곳을 떠돌며 아들 둘을 키워낸 할머니는 무리해서라도 있어 보이려 했고 목숨 걸고 정갈함을 유지했다.

그것도 할머니가 좀 더 젊을 적 일이다. 죽기 전 1년간 병원과 요양원을 오가며 할머니는 자신이 지켜오던 모든 것과 멀어졌다. 그는 정신이 들 때마다 나에게 다급히 전화를 했다. "지은아, 시간 나면 신림 아파트 가. 가서 울 머플러 챙겨라." "지은아, 화장대에 머리끈이랑 수면양말 있다. 누구 주지 말고 다 너 가져라." 죽음이 코앞에 오자 자신에게 그나마 남아 있는 가장 좋은 걸 내게 주려던 것이다. 그 허름해빠진 물건들을. 전화를 끊을 때마다 나는 할머니가 할머니답게 내게 뭐라도 주려는 게, 할머니의 가장 좋음이 그 정도라는 게 참을 수 없이 슬펐는데 어쩌면 그런 슬픔이야말로 할머니의 손녀다운 감정이었다. 슬퍼하면서도 나는 그 물건들이 내가 쓰기에는 못생겼다고 느꼈으므로 그것들을 챙기러 아파트에 갈 시간을 내지 않았다. 오래전이었다면 할머니 역시도 별 관심을 가지지 않을 물건들이었다.

그중 탁상 스탠드는 할머니가 세 번이나 말한 거였다. 여러 번 숨이 넘어갈 것 같은 통화 중에도 할머니는 '브랜드'임을 강조했다.

–너는 글을 쓰니까 브랜드 스탠드가 필요할 거야.

그 스탠드는 어디로 갔을까? 알 수 없다. 할머니가 죽은 뒤 다시 혼자가 된 아빠는 모든 걸 빠르게 처분했는데 애초에 그러려고 물건을 죄 주워왔는지도 모른다. 아무튼 아빠는 정신이 없었고 나도 두 번째 책을 내며 정신없었다. 모두가 죽는다는 걸 알았지만, 내게 소중한 사람을 정말로 다시는 못 보게 될지 몰랐던 나는 그 사실을 잊어보려 한동안 할 수 있을 만큼 바쁘게 보냈다. 스탠드를 떠올린 건 최근이다. 할머니를 화장한 건 작년 내 생일이었다. 그래서인지 곧 다가올 생일에 할머니가 생각났고 그러자 할머니의 탁상 스탠드가 떠올랐다. 아파트에 자주 갔음에도 나는 그 스탠드가 어떻게 생겼는지조차 기억나지 않는다. 그 또한 아빠가 어디서 받아온 거라는 것만 안다. 무슨 브랜드였을지는 몰라도 당근 무료 나눔으로 받아온 탁상 스탠드가 대단히 좋은 것이었을 리 없다. 그랬으면 기억에 남아 있겠지. 그까짓 스탠드. 나는 내 할머니의 손녀답게, 내 성에 차지 않는 스탠드를 들일 바엔 사지도 못할 아르떼미데 스탠드를 찜해두는 걸로 위안을 삼는 사람인데.

그런데도 나는 할머니의 탁상 스탠드가 갖고 싶다. 어떻게 생겼는지도 모를 그 스탠드가 마음을 후비도록 아름다울 거라 확신한다. 내게 그 스탠드가 필요할 거란 할머니의 말을 이제야 이해한다. 만일 아르떼미데 스탠드 100개와 그 스탠드 중 하나를 고르라 한다면 조금 고민은 하겠지만…. 나는 할머니가 미친 듯이 보고 싶다.

마르셀 프루스트는 모든 사물은 기억을 가지고 있다고 했다. 그 문장은 꼭 그저 그럴 게 틀림없을 그 스탠드에 할머니가 있다는 것처럼 읽힌다. 그걸 켜고 잘 보이지도 않는 눈으로 손주의 첫 책을 거듭 읽었을 내 할머니가. 요즘 나는 버려졌거나 전혀 상관없는 사람에게 가 있을 할머니의 스탠드를 상상한다. 우두커니 홀로 있을 스탠드를 상상하다 보면, 정말이지 나는 프루스트가 싫어진다. 망할 놈이 하필 그딴 문장을 남겨서 사람 마음을 따갑게 한다.

엄마 집 작은 갈색 개 호두는 따뜻하고 부드럽다. 호두와 나는 만나면 서로 딱 붙어 있다. 내가 엄마 집을 다녀오면, 동거인은 내 머리카락에서 개 냄새가 난다고 말한다. 그렇겠지. 호두는 내 머릿속을 계속해서 뛰어다니니까. 호두가 너무나도 살아 있는 나머지 나는 한 살이 갓넘은 개를 보고도 그 개가 죽을 것부터 생각한다. 이렇게나 살아 있는 개가 죽으면 어쩌나, 하고 호두 사진을 찍어놓는다. 대단히 내 취향인 개다. 혼자 보기 아까울 정도로 아름다운 개다. 내 생각이지만 호두야말로 인스타그래머블하다.

하지만 나는 호두의 사진을 SNS에 잘 올리지 않는다. 사진의 배경인 엄마 집은 인스타그래머블하지 않다. 내가 떠난 뒤로 점점 더 그렇게 되고 있다. 엄마 집에 가면 맨살에 장판이 들러붙는다. 장판은 군데군데 벗겨지거나 말려 있다. 벽지는 모기 핏자국으로 얼룩져 있고 부엌 찬장의 손잡이에는 먼지가 찐득하게 눌어붙어 있다. 망가진 수도꼭지에는 자그마치 1년째 테이프가 감겨 있다. 그로 말미암아 나는 엄마가 뭘 어쩌지 못할 정도로 지치고 늙었다는 걸, 그 집에서 살아보겠다고 하루도 쉬지 않고 가게로 나가 새벽까지 일하다 들어오는 엄마의 삶이 힘 겹다는 걸 깨닫는다.

그 와중에도 엄마는 호두를 매일 부지런히 산책시키고 놀아준다. 그러다가도 미안해 운다. 이렇게 예쁜 개가, 우리 집에 오지 않았으면 좋았을 걸. 그게 꼭 호두가 불 행하다는 말처럼 들려서 나는 신기하다. 유튜브도 커뮤 니티도 모르는 엄마가 대세와 비슷한 말을 한다. 그래도 엄마가 끝까지 그 말이 대세인 것은 몰랐으면 한다. 가난 하면 애를 낳으면 안 된다. 동물도 기르면 안 된다. 저 좋 자고 이기적으로 굴지마라, 누리지 못하느니 태어나지 않는 게 낫다…. 몇 년 전엔 드문드문 보였던 그런 의견 은 어느 순간 대세가 되었다.

대세대로라면 태어나지 말았어야 할 나는 오히려 대 세를 이해하고 있는 것도 같다. 동거 전 엄마 집에서 살 던 시기에, 병원 같은 데서 주소를 적을 때면 나는 항상 B101을 생략하고 적었다. 나를 힐끗거릴 데스크 직원과 눈이 마주치기 싫었다. 반지하에서 산다는 걸 알면 사람 들은 괜한 눈길을 보낸다. 생김새를, 입은 옷을, 그 옷의 질감을, 피부 상태 같은 것을 확인한다. 반지하다우면 깔보거나 안타깝게 여기고, 반지하답지 않으면 빈정거리려고. 많은 이가 서로 다름을 존중해주면서 살아가자고 하지만 나는 그 말을 곧이곧대로 믿지 않는다. 글쎄, 존중은커녕 수긍도 어려워하면서. 내 생각에 인간은 자기가 그은 선 아래를 좀처럼 허용하지 않는다. 제 눈에 아름답지 않으면 잡동사니쯤으로 퉁치고, 제 기준보다 감히 괜찮아 보이면 자격을 논한다. 그것이 누군가에게 의미 있을지라도. 인간은 자기 기준 아래를 높이고 귀하게 대할 수 있게 설계되지 않았다. 그건 맞든 틀리든 내가 가진 진실이다.

그 진실로 하여금 나는 가난한 삶을 쉬이 아름답게 여기지 않는다. 그보다는 나는 엄마 집이 아름답지 않다는 걸 응시한다. 내 가족만큼은 어떻게든 그보다 더 나은 무언가를 누릴 수 있길 바라고, 내가 겪어온 눈길에서 자유롭길 바란다. 호두가 아무리 인스타그래머블 해도, 호두를 둘러싼 게 인스타그래머블 하지 않으면 사진을 올리지 않는 것도 비슷한 일이다. 나는 나에게 의미 있는 것들이 존중받지 못할 가능성에 대해 버릇처럼 생각한다.

그러면서도 나는 종종 내 방에서의 낮잠을 떠올린다.

엄마 집에 살 때, 나는 내 방 창 아래서의 낮잠을 좋아했다. 그 시기에는 여러 아르바이트로 피로해 틈틈이 쪽잠을 잤다. 결코 환하게 밝아지지 않는 반지하의 조도는 한낮에도 잠들기 충분했다. 창을 살짝 열면 창문과 바깥 벽 사이를 타고 내 손으로 딱 네 뼘 정도의 빛이 들어온다. 그 빛 아래 누워 있으면 서서히 고요하고도 서늘한 공기가 내려온다. 찬 공기는 자신의 무게로 빛이 닿지 못하는 곳까지 낮게, 더 낮게 가려고 한다. 깊이, 더 깊이 가려고 한다. 그 공기를 타고 나는 갈 수 있는 한 가장 아래의 잠으로 까무룩 미끄러졌다. 얼마나 깊게 잤는지 이따금 나는 눈을 뜨고도 내가 죽은 건지 살아 있는 건지 헷갈렸다. 그럴 때면 무언가 중요한 걸 알려주듯 커튼이 슬쩍 살랑였고, 나는 세상에 다시금 적응하길 기다리며 눈을 뜬 채로 가만히 누워 있곤 했다. 노랗게 바란 천장, 볕 아래 평화로이 춤추는 먼지, 바깥에서 들려오는 아이들의 고함, 옆방에서 느껴지는 엄마와 동생의 인기척.

점점 선명해지던 나의 살아 있음.

아름다운 것 하나 없는 내 방에서 너무나 살아 있는 개는 꼭 나처럼 평화롭게 낮잠을 잔다. 내가 아는 가장 온전한 평화를, 호두도 알 거라고. 나는 엄마에게 말할까

하다가 그만둔다. 엄마는 살아가는 것으로 자신이 이미 그 사실을 알고 있음을 내게 보여준다. 인간의 존중은 그 자신을, 자신이 생각하는 기준을 앞서지 못한다. 하지만 살아 있음은 그보다도 선명하다. 지치고 열악한 삶에 앞서 엄마는 살아 있다. 엄마의 매일에 기대어 호두는 살아 있다. 내게 그토록 소중한 존재들은 아름다움에 앞서 살아 있다. 그리고, 모든 것에 언제나 앞서는 살아 있음은 정말로 아름답다.

종로구를 좋아한다. 서점과 미술관, 잘 가꿔진 조경, 긴 기간 한자리를 지켜온 가게들이 풍기는 정취가 아름다워서, 나와 동거인은 그쪽으로 자주 데이트를 간다. 그 동네에 사는 사람들처럼 산책을 한다. 낮 내내 밀려든 인파로 북적이던 길이 한적해지고 밤이 깊어올 즈음, 손을 맞잡고 여기저기를 걸으며 미래의 거주지를 찜해놓는다. 나중에 여기서 살자, 저기서 살자, 아냐, 조금 더 가보자.

그건 아무리 해도 질리지 않는 우리의 의식 같은 것이다. 동거인과 나는 골목골목을 헤매면서, 서로의 나이를 합친 것보다 오래된 빨래터를 구경하거나 밤하늘보다 검게 빛나는 기와를 스친다. 몇 살인지 모를 돌담길을 맴돌고 무표정한 미술관 외벽에 그림자를 드리운다. 불 꺼진 상가의 창에 우리를 비쳐보며 "야, 영락없는 이쪽 주민이다" 하고 깔깔거린다. 우리는 그 주변에 있는 우아한 집들을 부러이 쳐다본다. 그러면서 나는 어쩌면 이미 알고 있지만 쭉 모른 척해온 것, 그러니까 동거를 이어가는 우리가 실은 부부로서 함께하는 아름다운 삶을 내심 꿈꾸고 있으며, 단지 그 형태가 꼭 마음에 들 정도로 그럴 듯하지 못할까 봐 걱정하고 있다는 걸. 그러면서도 서로의 미감이 비슷하다는 데서만큼은 위안을 받고 있다는 걸 떠올린다.

때로 아름다움이란 좋은 것의 집합이다. 누구나 가지긴 어려울 정도로 비싸고 세련된 우아한 무언가다. 배제하고 엄선해낸 결과다. 그 사실을 수긍하기까지의 고통을 기억하면서. 이제 나는 동거인과 함께 그런 아름다움을 지향점으로 둔다. 거기 미치지 못하더라도, 그래야 나아갈 수 있으니까. 내 할머니의 손녀답게 말해보자면, 어쩌면 아름다움은 더 나은 곳으로 가기 위한 걸지도 모른다. 하지만 때로 아름다움이란 그리움이다. 별 볼일 없는 물건이 풍기는 소중한 사람과의 기억이다. 할머니가 죽은 뒤, 내가 할머니의 탁상 스탠드를 아르떼미데 스탠드보다도 갖고 싶어 하듯이. 그런 개인적인 소중함이 스탠드의 허름함을 없애주지는 않는다. 의미는 허름함과 열악함을 해결해주지 않고 각자가 가진 의미는 충돌하고야만다. 다만 그 의미들은 세상에 머무를 때만 생겨나는 것을, 의미에 앞서는 살아 있음의 선명함을 알려준다. 고되어도 매일을 이어가는 엄마와, 그 집에서의 낮잠과, 따뜻하고 부드러운 개처럼. 때로 아름다움은 그저 언제나 살아 있음이 모든 것에 앞선다는 것이다.

그 삶을 이어가고자 나는 계속해서 아름다움에 대해 생각한다. 그 누구도 나에게 묻지 않았음에도 거듭해서. 그럼에도 아름다움이 무엇인지 딱 꼬집어 말하기는 어렵고 앞으로도 그럴 거란 예감이 들지만, 다행히 아무 성과가 없지는 않다. 적어도 나는 내가 그래온 이유는 아니까.

아름다움에는 더 많은 것이 속해 있다는 것.

언제나, 오직 그 사실을 확인하고 싶다.

냉장고라는 은유

AS 기사에 따르면 사시사철 켜져 있는 건 고장 나기 쉬웠다. 무더운 계절에는 더. 사람들은 냉장고를 으레 냉기와 연결시키지만, 정작 냉장고는 찬기를 일정하게 유지하기 위해 많은 열을 낸다. 그렇게 이미 있는 열에 열이 더해지는 여름은 냉장고를 비롯한 가전에게 힘든 계절이라는 거였다.

-사실 여름은 냉장고 수리기사인 저한테도 힘들어요. 이 지역 냉장고 컴프레서 수리기사는 저밖에 없거든요.

내가 준 구론산을 맛있게 비우던 그는 여름마다 5킬로그램 정도는 그냥 빠진다고 했다. 그렇게 말하는 기사의 얼굴은 피곤에 절은 듯, 자랑스러워하는 듯도 보였는데

집 구조상 숨을 곳 없이 그 얼굴을 거의 마주보고 있어야
했던 나로선 조금 곤혹스러웠다. 그가 그 말을 시작으로
수다스럽게 말을 걸어와서였다. 훈련된 사회성으로 적당
히 고개를 끄덕이고 답해가면서, 나는 냉장고가 고쳐지
는 1시간 동안 기사에 대한 여러 정보를 알게 되었다. 그
는 중학교 때부터 만난 여자와 결혼해 10년 동안 살고 있
으며 아이 둘을 낳았다. 꽤 자란 큰 애가 큰방을, 아내와
둘째가 작은방을 쓰며 더위를 많이 타는 그 혼자 거실의
가죽 소파에서 잔다. 에어컨이 거실에 있는데다 가죽 소
파가 피부에 닿는 느낌이 시원해 살 것 같아서다. 그는
냉기 없는 여름이 얼마나 힘든지 안다. 그래서 지금 같은
여름철 한 집이라도 더 수리하려 애쓰다 자주 늦게 귀가
하고, 귀가할 즈음이면 지친 나머지 집안 누구도 자신을
건드리지 않기를 바란다.

　-그게, 애 엄마보다 내가 청소는 더 잘한단 말이에요?
사람은 자기가 잘하는 거에 예민하잖아요. 그러니까 집
에 돌아갔는데 어질러진 걸 보면 짜증부터 나는 거야. 애
들이 어리니까 어지르는 게 당연한데도 그러더라고요.
애 엄마 최선 다 하는 거 알지. 나도 아는데, 일이 고되니
까 자꾸 뾰족해지고, 그럼 애 엄마도 뾰족해지고. 내 성

격이 융통성이라고는 없어서 애 키우는 입장에서도 같이 사는 입장에서도 별로 좋지 않을 거 같긴 해…. 나중엔 그냥 서로를 이해한답시고 말을 안 섞어버리는데, 결국 애들도 애 엄마만 찾는 거죠. 그래서 그런가. 혼자 거실에 시원하게 누워 있는 게 좋다가도 갑자기 너무 혼자라서 마음이 붕 뜨고. 사는 게 뭐 이리 어려운지….

그런 걸 듣고 있자니 나도 모르게 맞장구를 치게 되었다. "맞아요, 참 어려워요, 쉽지 않죠…." 맞장구를 치다 보니 별 쓸데없는 말들도 튀어나왔다.

ー저희 곧 이사 가거든요. 돈 들어갈 게 많아 냉장고까지 새로 사야 하나 겁먹었는데, 고쳐주셔서 다행이에요. 에어컨은 사야 돼요. 지금 것도 멀쩡한데 여건 때문에 두고 가야해서요….

내 말을 들은 기사는 자리에서 일어나 잠시 에어컨을 살펴봐주더니 뜬금없이 내게 아이를 낳을 계획이 있는지 물었다. 언제부턴가 사람들은 내게 애를 맡겨놓기라도 한 것처럼 출산에 대해 가타부타하곤 했다. 설마 또? 다행히 기사는 별 관심이 없어 보였다.

ー에어컨 상태 멀쩡하네요. 둘이 애를 안 낳을 거면 아깝지만 두고 가시고, 만일 낳을 거면 어떻게든 챙겨가요.

낳으면 에어컨이 많을수록 좋으니까. 애가 있으면 좋다가도 금방 녹초가 돼서…. 시원하기라도 해야 버텨요.

그 외에도 필요한 가전의 종류를 묻더니 모델들을 추천해주었다.

냉장고를 다 고친 뒤 나가려던 기사는 머뭇거리더니 부탁드릴 게 있다고 했다. 홈페이지에 들어가 칭찬 글 하나를 올려달라는 것이었다.

―아시겠지만 그런 게 정말 큰 힘이 돼요, 이 일을 하다 보면 응원이 필요하거든요….

방금 전까지 이런저런 이야기를 하던 그가 겸연쩍어 하는 걸 보자니, 좁은 곳에서 1시간 동안 생면부지의 사람과 마주보고 있어 곤란했던 건 나뿐만이 아닐 수도 있겠다 싶었다. 나는 만나는 불특정다수에게 대체로 살갑게 구는 편이었다. 그 살가움에는 어떤 식으로든 저이가 내 책을 평가할 사람이 될지 모른다는 생각이 욕실의 분홍색 물때처럼 끼어 있곤 했다. 만일 그가 타인의 평가로 자신의 일이 좌지우지된다고 느낀다면? 그도 곤란한 나머지 아무 말이나 건네본 거라면? 뭘 해야 할지 몰라 친밀감에라도 기대보려 애쓴 거라면? 뭐가 되었든 전혀 모르는 사람의 응원이야말로 힘이 될 때가 있는 법이었다.

나는 수리기사에게 고개를 끄덕이고는 그가 떠난 뒤 곧바로 홈페이지에 접속해 글을 남겼다.

'친절하신 ○○○ 기사님 덕분에 냉장고를 잘 고쳤습니다. ○○○ 기사님으로 인해 ○○브랜드가 더 믿음직하게 느껴졌으므로 앞으로도 이 브랜드를 쭉 이용하려 합니다.'

글을 남기며 나는 기사의 두 아이와 중학교 때부터 사귀었다는 그의 아내를, 남의 냉장고를 고치다 늦게 귀가해 결국 홀로 거실에서 잠드는 그를 상상했다. 더위로 5킬로그램씩 빠져도, 늦은 밤 불쑥 서글퍼져도 삶을 지속해나갈 응원. 그런 힘을 그에게 주길 바랐다. 다만 딱 한 가지가 마음에 걸렸다. 내 응원이 돌고 돌아 언젠가 다시 내 주변으로 돌아오리라는 내 안의 기대 때문이었다. 나는 힘을 주는 것뿐 아니라 또 돌려받길 바랐다. 경비나 택시 아저씨에게 음료를 건네며 비슷한 일이 내 부모에게 일어나기를 바랐고, 누군가에게 화를 내야 할 때 애써 웃으며 이와 비슷한 관대함을 내 동생도 겪을 수 있길 바랐다. 그런 식의 기대는 나름의 크고 작은 다정을 꺼낼 때마다 스멀스멀 자라났고 그 때문에 나는 스스로가 썩 별로였다.

─도대체 왜 순수하게 남을 위하지 못하지?

하지만 지난 두 달 동안 일어난 일들을 생각해보면 그럴 만했다. 여름이 힘든 게, 고장 난 게 냉장고만은 아니었다.

간혹 회사를 다니는 이들은 나더러 낮 시간에 카페에 있거나 해를 봐서 좋겠다고 했다. 월요병을 생각하면 네 한가로움 같은 게 부럽다는 것이었다. 내가 출퇴근 없이 읽고 쓰고, 매일 실패하고 자책하는 대가로 코딱지만 한 돈을 받는 건 모른 척하더니. 그럴 때마다 미처 공손함을 갖추지 못한 뜨거운 말들이 속에서 올라왔다. '너는 월요병이 있지만 나는 그냥 병이 있어 시발, 늘 스위치를 켜둔다고….' 물론 사회성을 발휘해 내뱉지는 않았다. 대신 바깥에 티 나지 않는 스스로의 생산성을 나무랐고 평온함을 유지하려 총력을 기울였다. 그럼 글을 더 쓸 수 있었고, 글을 더 많이 써내면 나름의 분투를 인정받을 수 있을 거였다. 속이 시끄러우면 밖으로 나가 10분이고 2시간이고 무작정 걸었다. 몸과 발에 열이 날수록 마음은 냉동실에 넣어둔 양 식으면서 단단해졌다. 단단해지면 다시 읽고 썼다. 폰에 기록된 내 연간 평균 걸음은 몇 년째

1만 보가 넘는다. 쉬지 않고 내부를 다스려왔다는 점에서 나는 퍽 냉장고 같았다.

  -여름 내내 신통찮았죠?

  그래서인지 냉장고를 살펴보던 기사가 물어왔을 때 나는 움찔했다. 매일 쉬지 않았음에도 불구하고 한가로워 보일 정도로, 여름 내내 그럴 듯한 결과물이 좀처럼 나오질 않았던 것이다. 냉장고야 컴프레서 문제라지만 내 경우에는 신통찮은 이유를 꼬집어 말하기 쉽지 않았다. 지나치게 더워서? 원고 막바지라서? 가족의 건강이 신경 쓰여서? 몸에 자꾸 염증이 생기며 나까지 자꾸 아파서? 갑작스럽게 이사가 결정되더니 뒤이어 이사 갈 집의 문제들이 발견되어서? 누군가 내 사진으로 딥페이크 성착취물을 만들어서? 덕분에 매일 듣는 뉴스들이 한층 더 내 삶을 갉아먹어서? 그 와중 동거인의 회사 복지인 결혼식에 급 추첨이 되어서? 등….

  뭘 못해냈다는 변명이 필요할 때마다 나는 내게 생긴 일들 중 큰일 위주로 엄선해 내세웠다. 주변에서 요즘 어떠냐고, 책은 언제 나오냐고 물을 때마다 말이다. 동거인과 인생의 변곡점을 맞이하려는 참이었고, 거기 따라오는 큰일들이 진행 중인 건 사실이었으므로, 내 말을 들은 이들은 고개를 끄덕였다. 바빴겠다, 힘들었겠다, 시간이 좀 더 걸리겠구나. 사람들이 합리적인 이유에 수긍할 때마다 나는 안도했다. 그러나 고백하자면, 큰일보다도 작은 일들이 나를 훨씬 더 괴롭혔다.

여름 내내 나는 출판사나 변호사를 제외하고도 하자 점검과 인테리어 업체, 부동산 중개사, 양측 부모님 등 세상 사람 모두와 통화했다. 그 시간이 내 나름의 업무 시간이라 하더라도, 사람들은 대체로 동거인이 아닌 내게 전화를 했다. 동거인은 회사에 있었고 나는 아니니까. 삶을 이어가기 위해 드는 자잘한 집안일은 내가 처리했다. 동거인은 회사에 있었고 나는 아니니까. 너저분한 집을 급히 치우고 자리에 앉으면 곧바로 집중을 깨뜨리는 전화가 이어졌다. 내버려둘 수는 없고 누군가는 처리해야 하는, 그런 일들이 물리적으로든 심정적으로든 나를 방해했다. 집안이 돌아가는 데에는 중요하지만 커리어와는 무관한 일, 일상적으로 이루어지지만 드는 품에 비해 좀처럼 티 나지 않는 일, 해봐야 고만고만해 보이고 내세우기도 뭐한 일들이….

확실히, 동거인은 비교적 그런 일들로 삶을 갉아먹히지 않았다. 어쩌면 기질에 따른 결과일 수도 있었다. 이것저것 죄 신경 쓰는 나와 달리 동거인은 자기 선과 의견이 명확했으며 그 외에는 신경 쓰지 않는 단단한 사람이었다. 그가 생각했을 때 불필요하다 싶은 일들은 어지간해서 그를 뚫고 들어갈 수 없었다. 다만 동거인에게는 쉬이 무르거나 상해버리는 음식 같은 구석 또한 있었다. 필요하다 생각한 것들이 자기 기준에 미치지 못하면 예민한 동거인의 어딘가는 상해버리고 마는 것이었다. 가령 깔끔한 그는 내게 청소를 강요하지는 않았지만 집이 어수선하면 표정을 숨기지 못했다. 나와 함께 사는 집의 풍경이 그를 으깨버리기라도 하는 것처럼. 착 가라앉았거나 구겨진 그 표정은 동거인의 회사일이 고된 날에 더 도드라졌다. 동거인이 상하지 않으려면 그와는 달리 그런 걸 내버려둘 수 없는 성격인 누군가가 매일 일정 시간을 집안일에 써야 했다. 자신이 일해야 하는 시간을 어떻게든 쪼개가면서.

평소 나는 동거인의 유능을 좋아했다. 그런 건 지금의 내게 없는 것이었다. 동거인은 나보다 돈을 잘 벌었고 그 덕에 큰돈을 대출받을 수도 있었다. 대출은 그가 돈을 갚을 능력이 있다고, 커리어를 잘 해나가고 있다고 사회가 증명해주는 일이기도 했다. 이사는 그 대출 덕에 가능해졌다. 그렇게 함께 더 쾌적한 곳으로 이사 간다면 나쁠 게 뭐 있겠어? 한편 동거인의 유능은 그가 상하지 않도록 품어주는 내 성향에 힘입은 것이기도 했다. 그런 구석은 동거인에게 없는 것이었으므로, 나는 서로의 없음을 메꿔주면서 각자가 더 잘하는 걸 하는 게 맞다고 여겼다. 그 결과를 우리의 것이라 여기는 게 함께하는 삶에 더 이익이라고 여겼다.

그렇지만 그게 내가 무능해도 괜찮다는 뜻은 아니었다.

동거인은 나보다 집안일을 야무지게 잘했다. 집안일에 대한 동거인의 전문성은 내가 한 집안일이 자기 성에 차지 않는다는 걸 표현하는 데 주로 발휘되었다. 집안일을 더 많이 하는 건 나였지만, 그렇다고 글 쓰는 시간을 전부 거기에 쓸 수는 없었으므로 내 집안일은 대체로 타협이 들어간 반쪽짜리였다. 동거인은 '반쪽이나 있다'보다는 '반쪽밖에 없다'를 매번 지적하며 그 반쪽으로 인해 무언가 자신 안에서 상해버린 날마다 농담이랍시고 말했다. "이런 건 내가 원한 게 아니야, 나는 덜렁거리는 너랑 살면서 내 기준만큼 하고 사는 걸 체념했어…."

그런 날이면 무작정 나가 걸었다. 걸으면서 그의 체념과 나의 체념의 다름을 생각했다. 내가 내 일을 체념하는 시간대에 적어도 동거인은 방해 없이 자신의 일만을 할 수 있다는 걸, 이 사회가 내게는 대출을 해주지 않는다는 걸 생각했다. 그게 무슨 의미인지, 매번 사람들이 내가 놀고 있기라도 한 것처럼 전화를 걸고 약속을 잡으려는 건 또한 무슨 의미인지, 내가 뭘 증명하려는 사람처럼 자꾸만 집을 치우고 동거인을 달래왔다는 게 무슨 의미인지 곱씹었다.

하루는 기분을 잡친 내게 동거인이 물었다. 내가 말한 건 피드백이지 너에 대한 공격이 아니지 않느냐고, 체념했다는 건 그저 농담 혹은 사실 서술일 뿐이지 않냐고. 그 말을 들은 날에도 운동화를 신고 나갔다. 걸으면서 왜 집안일이 우리의 일이 아니라 나의 일인 것처럼 말하는지, 말 그대로 사실 서술이자 농담이 왜 이렇게까지 아프게 느껴지는지 곱씹었다. 글 쓰는 시간을 위협할 정도로 걷는 시간이 점차 길어졌다. 그럼에도 걷지 않으면 차분해지지 않았고 차분해지지 않으면 글을 쓸 방법이 없었다. 어쨌거나 동거인과 나는 다가오는 가을부터 큰돈을 함께 갚아야 했다. 이사, 결혼 같이 함께 하는 인생의 변곡점에는 돈이 필요했고 당장 글을 쓰지 못한다면 나는 돈을 벌 수 없을 거였다.

그리고 더운 날 냉장고 문을 여닫는 것처럼, 툭하면 나를 여닫는 상황들 속에서 나는 적정한 온도로 작업하는 데 자주 실패했고 내내 품어온 문장들을 상한 반찬을 버리듯 버렸다. 별 수 없이 원고 마감 일정을 조절하고 글쓰기를 미뤄두고 일을 처리하는 동안 출퇴근 없는 두려움이 밀려왔다. 중요한 시기 결과물을 내지 못하는 스스로의 신통찮음이 괴롭다가도, 어떻게든 해낸 결과물이 신통찮을까 봐 두려웠다. 그래서 누군가 내 글과 나를 잊을까 봐 두려웠고, 누구라도 내게 글을 요구할까 봐 두려웠으며, 써내봤자 가계에 별 도움이 못 된다는 사실만을 확인하게 될까 봐 두려웠다. 그래서 깨어 있는 내내 쉬는 시간 없이 쓰고 읽고 걷고 집안을 치우고 전화를 받았다. 큰일을, 거기 수반되는 자잘한 일들을 자기 몫인 양 처리하며 동거인이 상하지 않고 유능하도록 애썼다. 그러느라 자신의 일을 자꾸만 뒤로 미뤘다.

　거기에는 상대를 위해 내가 할 수 있는 건 손대고야 마는 나의 기질이나 현실적 판단이 자리하고 있다. 그러나 거기에는 그 외에도 그런 식으로 효능감을 느끼려는, 나 자신의 무능을 회피해보려는 악순환의 고리 또한 존재해왔다는 것을 고백해야겠다. 그런 게 그 어떤 큰일보다도 나를 방해해왔다는 것도. 나는 늘 나의 유능에 가장 관심이 있었고 나의 무능이 가장 두려웠다. 돌이켜보면 나는 무어라도 고장 나기 충분한 정도로 사시사철 켜져 있었다.

∗

냉장고가 완전히 고장 났던 날은 주말 아침이었다. 카페에 나가려고 노트북을 챙기는데 화재경보기가 울렸다. 창을 열어보니 좋지 않은 냄새가 났다. 방송이 나오지 않아 동거인과 나는 계단을 여러 번 왕복하며 상황을 확인했다. 6층에서 유독한 까만 연기가 퍼져 나왔다. 사람들이 혼비백산한 사이 소방차가 왔다. 아파트 사람들은 모조리 정오의 땡볕 아래로 대피했다. 대피한 주민 중에는 그간 종종 마주친 얼굴들도 있었지만 낯선 얼굴들도 있었다. 이주 노동자로 보이는 커플과 혼자 사는 노인들, 허공을 보며 중얼거리는 20대 남성까지. 몇 년간 살아온 곳임에도 불이 나서야 같은 아파트에 누가 사는지 제대로 알게 된 셈이었다. 처음엔 그들과 더불어 방화복을 입은 소방관들의 안위가 걱정되다가, 그늘 없는 곳에 1시간 쯤 서 있자 간사하게도 내 안위가 걱정되었다. 불이 완전히 점화되었을 즈음에는 모두가 무더위로 기진맥진했다. 집에 돌아와 에어컨을 세게 켜도 좀처럼 몸이 식지 않았다. 시원한 물이라도 마시려 냉장고를 열었는데 찬기가 조금도 느껴지지 않았다. 냉동실을 열어 음식들을 손으로 눌러보니 죄 물렁물렁했다. 나와 눈이 마주친 동거인이 말했다. "이거 완전히 맛 갔네."

동거인과 나는 차례차례 냉동실에 녹은 것들을 꺼내 버렸다. 유통기한이 지난 고기, 엄마가 끓여준 국, 자주 쓰지 않는 양념 같은 것…. 몇 년 써왔음에도 문제가 생긴 뒤에야 나는 냉동실에 무엇이 있는지 제대로 알게 되었다. 시간, 돈, 생각을 절약하기 위해 얼릴 수 있는 건 몽땅 거기 넣어두는 식으로 버텨왔다는 것도 말이다. 그중 고구마는 40개도 넘는 듯했다. 동거인과 산 이래로 나는 고단백 두유에 구황작물을 곁들이는 식으로 평일 저녁을 간단하게 처리하곤 했다. 맛도 좋을뿐더러 빠르게 먹고 간단히 치울 수 있었고 비용 또한 줄일 수 있었다. 그렇게 처리하면 한 줄이라도 더 쓰거나 더 읽을지 모르는 일이었다. 단호박이나 고구마 같은 걸 잔뜩 구워 얼려

두면서 나는 내가 무언가에 쉽게 질리는 타입이 아니란
걸 다행으로 여기곤 했다.

하지만 음식물 쓰레기봉투에 녹은 고구마를 한 무더기
버리는 동안 궁금해졌다.

'그런데, 내가 정말 그런 타입일까?'

나는 고구마처럼 흐물흐물해진 채 생각했다. 정말 그렇
다면 왜 이렇게까지 쫓기는 기분이 들지. 이렇게까지 해
왔는데. 왜 늘 글 쓸 시간이 부족하지? 여러 번 오가면서
냉장고의 내용물들을 버리는 동안 등 뒤로 땀이 흐르며
티셔츠가 젖는 게 느껴졌다. 하루에 찬물로 두세 번씩 샤
워를 해봐도 소용없는 계절이었다. 또 빨래가 늘겠구나.
시간은 또 줄어들겠지. 아무리 아껴도 주어지기는커녕
버려지고야 마는 시간이.

작열하는 거리 위 사람들은 증발했고 매미는 기절할
듯 울어대다 저녁 즈음 빈 거리에 툭툭 떨어져 죽어나갔
다. 그 거리에서는 나를 다스리려 걸을 수조차 없었다.
배를 드러낸 매미가 쪼리를 신은 맨발에 채이지 않게 조
심하며 걷다보면 몇 발짝 가지도 않아 온몸이 녹아내렸
다. 도무지 식힐 방법이 없는 더위 속에서 애써 유지해
온 것들이 매미처럼 툭툭 떨어져 죽어나갔다. 아마 동거

인도 그랬을 것이다. 그날 함께 마트를 가던 중 동거인은 얘기를 나누다 또다시 이런 건 내가 원하는 게 아니라는 부정적인 뉘앙스를 무심코 던졌으니까. 그때 우리가 무슨 얘기를 나누었던가? 중요한 얘기였나? 잘 기억나지 않는 걸 보면 대수롭지 않은 내용이었을 것이다. 다만 바라본 그의 얼굴이 상해 있던 것과, 그걸 품고 싶은 마음이 조금도 들지 않았던 건, 나의 어딘가 역시 완전히 고장 났다고 느꼈던 건 기억난다. 여름의 절정에서 동거인과 나는 크게 다퉜고 급기야 며칠간 말을 섞지 않았다.

그 기간 중 하루는 밤새 열이 올랐다. 몸이 뜨거우니 더더욱 동거인과 조금도 한데 붙어 있고 싶지 않았다. 옆에서 자는 동거인을 피해 거실로 나갔다. 거실 바닥이 시원해 비로소 조금 살 것 같았고 살 것 같아지니 다시금 생각이 찾아왔다. 사는 거 뭘까…. 종일 치웠지만 티가 나지 않는 거실에 홀로 엎어져 있자니 쓸쓸해졌다. 어쩌면 치워진 건 다름 아닌 내 모습뿐일지도 몰랐다. 이 집을 치우는 내 모습, 글을 읽고 쓰는 내 모습, 내가 원하는 내 모습. 식탁 다리 사이로 냉장고가 보였다.

기사는 사시사철 일한 만큼 냉장고의 온도가 정상으로 복구되기까지 시간이 좀 걸릴 거라고 했다. 불쌍한 냉장고. 나는 냉장고를 측은히 보며 거실에서 잔다던 수리기사와 냉기를 품은 그 집의 소파 같은 걸 떠올리다 깜빡 잠이 들었다.

일어나니 해가 중천이었다. 더 누워 있자니 산부인과에 검진을 예약해뒀던 게 떠올랐다. 자궁에 근종이 생겨 추적 관찰을 해야 했다. 검진을 마친 의사는 다행히 근종이 임신에 영향을 끼칠 위치에 있지는 않다고 말해주었다. 서른 중반, 마주하는 사람마다 내가 낳았을지, 낳고 싶어 할지 모르는 아이에 대해 말을 꺼냈다. 하지만 아이? 그러기에 나는 우리 집 냉장고만큼이나 이미 녹초였다. AS 기사의 말마따나 아이가 있다면 더더욱 녹초가 될 것이었다. 지구는 점점 더워지고 있었다. 전에 없던 무더위 속에서 나는 예민한 동거인이 아이를 감당할 수 있을지 아닐지, 그의 유능이 녹초인 나를 헤아려줄 만큼인지 아닌지 헷갈렸다. 내가 애를 원하는지, 아닌지 그저 나 자신의 무능을 회피할 악순환의 고리로 스스로를 밀어 넣으려는 건지 아닌지 헷갈렸다. 내가 아이를 기를 수 있을 정도로 유능한지 아닌지, 아이를 기르지 않고도 괜찮을 정도로 유능한지 아닌지 헷갈렸다.

헷갈리지 않는 건 단 하나. 지나면 상해버리고 마는 게 있다는 것이었다.

내가 난자 냉동과 배아 냉동을 궁금해하자 의사는 상냥하게 A부터 Z까지 알려주며 미리 먹으면 좋을 제품들까지 종이에 적어주었다. 추천받은 제품명엔 죄 '퍼틸리티fertility'라는 단어가 붙어 있었다. 오래전 토익 등의 영어 시험을 준비할 때 접했던 단어의 용례와 예문들이 머릿속을 스쳐갔다. 그 단어는 출산율을 말하는 데 자주 쓰였다. 동시에 풍요의 근간이 되는 토양의 비옥함, 창의성, 활동하기 좋은 시기 등과 관련해 쓰이기도 했다. 그런 걸 외우던 시기 나는 그게 내 삶과 관련되었으리라고, 한 단어가 이렇게 의미심장한 방식으로 스며올 거라고 전혀 생각하지 못했다. 냉동에 들어가는 금액대를 얼추 알려주던 의사는 더 궁금한 건 없냐고 물었다.

'선생님, 제가 돈을 벌 수 있게 집중해서 글을 쓸 수 있을까요? 그런데 제가 그 돈을 번다 해도 과연 유의미한 정도일까요? 차라리 저는 다른 걸 해야 하는 게 아닐까요? 어쩌면 저는 흘러가는 시간을 버리며 상해갈 뿐인 건 아닐까요? 그렇다고 글을 쓰지 않으면… 저는 도대체 무엇일까요?'

나는 내가 버린 문장들과 고구마들을, 매번 냉동에 기대어 버텨온 것들과 나의 퍼틸리티를 어찌 봐야 할지 물어보려다가 그만두었다.

검진을 마치고 나오자 숨 막히게 뜨거운 공기가 훅 끼쳤다. 지나가는 아주머니가 젖은 앞섶을 손으로 매만지며 중얼거렸다. "징그럽다, 징그러워." 아주머니의 말처럼 징그럽게 더웠다. 누군가는 남아 있을 앞으로의 여름 중 지금이 가장 시원할 거라고 했는데. 어떻게든 버텨오던 것들을 죄 위협하는, 나를 무능하게 만드는 징그러운 이 여름이. 정말이지 모조리 상하게 할 기세로 덤벼드는 이 여름이… 꼭 최선이라도 되는 것처럼….

그런 걸 생각하며 핸드폰을 보니 그간 예민하게 굴어 미안하다고 동거인에게 카톡이 와 있었다. 달궈진 아스팔트 위 멈춰서 답장을 하기엔 너무 뜨겁다는 핑계로 나는 답을 하지 않고 그냥 폰을 가방에 넣었다.

집으로 가 물 샤워를 하고 에어컨과 선풍기를 켰다. 선풍기 앞에 앉아 바람을 쐬다 보니 조금씩 몸이 식어왔다. 아침까지도 있었던 열 역시도 조금 내렸다는 게 느껴졌다. 문득 생각 나 냉장고를 열어보니 수리기사의 유능을 증명하듯 시험 삼아 넣어둔 물이 시원해져 있었다.

혹시 몰라 버리지 않고 몇 알 남겨둔 냉동실의 고구마들도 단단해지는 중이었다. 복구되었다는 걸 증명하듯 찬기가 조금씩 도는 냉장고에서 스스로를 데우는 가만한 소음이 들려왔다. 언제나 켜져 있다는 것. 상하는 순간을 최대한 미뤄보는 식으로만 간신히 지속되는 것. 누군가 사시사철의 슬픔이 무엇이냐고 물으면 이제 나는 냉장고의 소음을 떠올릴 것이었다. 그 소음 속에서 나는 동거인의 카톡을 다시 읽었고 천천히 답장을 써내려갔다.

한 뼘의 자리

가끔 동거인은 스스로에게 돈을 잘 쓰지 않는 내 버릇을, 불편한 게 있어도 어지간하면 꾹 버티고 보는 내 고지식함을 농담 삼는다. 내가 자신이 버린 물건을 다시 주워오고, 쉬지 않고 몸을 굴리려 할 때면 나를 혼내기도 한다. "너는 안 그렇게 생겨가지고 왜 그러냐." 자기 자신을 좀 챙기라는 것이다. 애정에서 비롯된 타박에 머쓱해하며 나는 내 부모를 생각한다. 그런 내 모습은 나보다 더 먼 데서부터 흘러온 것이다.

가장 오래된 기억 속 내 부모는 주중과 주말을 가리지 않고 지하철에서 하염없이 일하고 있다. 그 시절을 떠올리면 아빠가 다니던 회사에 고용된 노인들의 몫까지 일해주다 돌아오던 것이나, 비가 내리는 날 엄마가 같은 골목에 사는 사람들과 나눠먹으려 김치전 반죽을 한 솥씩 하던 모습 같은 게 떠오른다. 좁은 방 한 칸에서 다 같이 누워 잠들었던 것이나 약간 쿰쿰하던 이불 냄새 같은 것도. 내 부모는 인색하지 않았고 성실하고 또 정직하게 살았다. 다만 항상 지나칠 정도로 스스로를 뒷전으로 두었다. 좀처럼 뭘 욕심내지도, 자신에게 필요한 물건들은 버리지도 사지도 않고 어떻게든 버티다가 그렇게 아낀 돈으로 지하 셋집에 딸을 위한 전집을 두는 식이었다. 어린 나는 그 전집을 읽으며 귀가가 늦는 그들을 기다렸다. 전집은 내가 중학생이 될 때까지 집에 있었다. 주변에 뭘 잘도 퍼주는 엄마조차도 전집만큼은 남을 주거나 버리기 어려워했다. 전집에 묻어 있던 엄마의 속마음, 가족 중 나라도 많이 읽고 대학에 가서 힘들지 않은 삶을 살길 바랐던 엄마의 속마음은 몰랐지만 자라는 내내 나도 전집을 아꼈고 거듭 읽었다.

그중에서도 안데르센의 《완두콩 공주》 같은 동화는 좀처럼 잊히지 않았다. 동화 속 왕자는 '진짜 공주'를 찾아 헤맨다. 그러던 어느 밤, 하루만 재워달라며 남루한 차림의 여자가 성문을 두드린다. 여자는 자신이 옆 나라 공주라고 주장하고, 왕비와 왕자는 그가 정말로 공주인지 시험해보려 여자의 잠자리에 몰래 완두콩 하나를 놓아두고는 그 위로 두꺼운 이불을 천장에 닿을 만큼 겹겹이 깔아둔다. 다음 날 잠자리가 불편해 밤새 잠을 설쳤다는 여자의 말에 왕비와 왕자는 드디어 진짜 공주를 찾았노라고 기뻐한다.

완두콩 한 알로도 등이 배겨 잠을 설치는 게 진짜 공주의 증거라면, 내 부모의 모습은 무엇의 증거일까? 침대는커녕 완두콩 100알 위에서도 아무렇게나 곯아떨어질 내 부모의 지친 얼굴은?

그런 물음은 샤프심처럼 콕 박혀서 사라지지 않았다. 그러니까 동화는 꼭 내가 사랑하는 사람들이 귀하지 않다고 모욕하는 듯했는데, 나는 그게 어이가 없어서 자라는 내내 그 동화를 생각했다. 가장 어이 없던 건 내 부모는 내가 그 동화 속의 공주 같이 귀한 무언가가 되길 바랐다는 것이었다. 일하기 바빠 《완두콩 공주》를 읽지도 않았으면서!

하지만 내 부모는 읽지 않은 동화의 내용을 알고 있었던 것도 같다. 그들은 이 사회에서 자신들이 가질 수 있는 긍지의 형태에 대해 일찌감치 이해하고 있었으니까 말이다. 세상에는 누군가의 가난이 노력을 안 한 대가인 양 말하는 사람들이 널려 있었다. 사람들은 부자가 불편을 말하면 그게 진짜 공주의 긍지라도 되는 양 취급하면서, 가난한 사람이 불편을 말하면 손가락질을 했다. 불편을 말할 자격은 공주에게만 있다는 이 사회의 방식을 뼛속까지 새긴 내 부모는 밤낮없이 일했다. 버티다 못해 무감해져버린 몸에 자부심을 가졌고, 스스로의 안위를 팽개치면서 보람을 느꼈다. 다만….

너무 피로한 나머지, 딸만큼은 자신들과 다른 종류의 긍지를 가질 수 있길 바랐다. 기왕이면 불편을 말할 자격 같은, 그런 긍지를.

그 덕에 나는 집에서 가장 많이 읽은 사람으로 자랐다. 운 좋게 도움을 받아 사립 중고교를 거치고 괜찮은 대학에 진학할 수도 있었다. 과정 중 툭하면 잠을 설치면서 나는 완두콩 공주를 자주 떠올렸다. '안데르센은 천재구나, 그도 진짜 힘들게 살았나 봐….' 안데르센이 작가로서 잘 풀리면서 갑작스럽게 상류사회로 진입하게 되었다는 걸, 그 뒤로 느낀 회의감으로 말미암아 완두콩 공주를 쓰게 되었다는 걸 알게 된 뒤부터 나는 전과는 다른 방식으로 그 동화를 읽었다. 그즈음엔 동화를 쓴 안데르센에

나 자신을 대입해보곤 했던 것이다. 반면 학교에서 만난 친구들 상당수는 뭐랄까, 늘 편안한 잠자리에서 푹 자고 나온 듯한 얼굴, 동화 속 진짜 공주에 자신을 대입해 읽었을 법한 얼굴을 하고 있었다.

서른 중반인 지금의 나는 누가 봐도 그들 중 하나로 보인다.

이따금 조금 무리해서라도 엄마나 아빠를 좋은 식당에 데려간다. 그러면 그들은 얼굴 근육을 어떻게 쓸지 모르는 사람처럼 어색하게 앉는다. 종업원에게 지나치게 친절하다 못해 간혹 종업원이 치워야 할 테이블 위 잡동사니를 은근슬쩍 치워놓기도 한다. 내가 뭘 시켜줄까 물으면 이것도 저것도 괜찮다면서 가장 싼 걸 시키라고 한다. 그러고는 외식이 익숙한 사람들을 빤히 쳐다본다. 어떤 행복이 평범하다는 걸 깨닫고 소스라치듯이. 끝내, 그들은 돈도 없는데 뭐 하러 돈을 많이 썼느냐고 내 지출을 마음 아파 한다. 자신은 햇반 하나만으로도 충분하다는 말 같은 걸 덧붙이면서 말이다. 내 부모는 그런 식으로 어쩌다 맘먹고 나간 외식에서도 내 마음을 못내 불편하게 만든다. 그들이 몰입하는 대상이 편하게 앉아 있는 손님들이 아니라 종업원이라는 데 내 속이 뒤집어지는 줄도 모르고.

나와 꼭 닮은 사람들이자 나의 원류. 내 부모가 스스로에게 좀 더 좋은 걸 허용했다면 어땠을까? 그랬다면 나는 작가 같은 게 되지 않았을지도 모른다. 내 책에 적힌 것 대부분은 나를 외롭게 하는 세상이 힘겨워도 아득바득 참아내며 갖게 된 이야기니까. 나는 그런 나의 기질을 사랑한다. 어떻게든 버텨내려는 나 자신의 성정에 꼭 내 부모처럼 긍지를 느낀다. 이상한 소리지만, 돌이켜보면 나는 내 나름의 방식으로 내 부모를 편들고 싶었던 것도 같다. 그 어떤 불편에도 불구하고 사람은 살아간다고, 그것도 진짜 삶이라고, 보란 듯 증명해온 덕에 퍽 단단해진 것도 같다.

하지만 때때로 나는 스스로를 밀어붙이지 않으면 불안해진다. 편안하지 않은 상태를 오히려 편안하게 느끼기도 한다. 그럴 때면 참지 않아야 하는 순간조차 참아가면서 무언가를 증명하려던 날들이 스친다. 나는 사랑하는 사람들이 함부로 대해질까봐 곤두서 있던 나머지 거의 모든 날 모든 순간 나 자신을 보살피는 데 줄곧 어려움을 겪어왔다.

아마 비슷한 방식으로 내 부모는 나를 사랑했을 것이다.

그로 인해 내가 부모보다 조금 더 나은 삶으로 왔다는 것. 그런 게 나를 곤두서게 하고 고지식하게 하고 상처받게 한다. 내가 서로를 위하느라 자신을 외면하는 법부터 익혀온 한 가족의 산물이라는 것 말이다.

오늘날에는 자신을 돌보는 법에 대한 정보가 넘쳐난다. 그런 정보의 과잉은 때론 상처도 불행도 없어야 한다는 강박처럼 느껴지기도 한다. 어떤 건 꼭 완두콩 한 알만큼의 불편도 용인하지 않기 위해 고안된 듯 보이니까. 혹시 사람들은 자신에게 좋은 것만 주어야 한다는 강박을 갖고 있는 걸까? 그렇게 해야만 제대로 된 사회 구성원이 될 수 있다고 생각하는 걸까? 그건 좀… 부자연스럽지 않나?

그래도 그런 정보들을 일찍감치 알았다면, 그래서 내 부모가 조금 더 자신을 돌보았다면 그들에게도 내게도 좋았을 것 같다는 생각이 든다. 그럼 내 부모도 조금은 덜 힘들었을 텐데. 나도, 조금 덜 우는 사람이었거나 조금 더 마음 놓고 우는 사람으로 자랐을 텐데. 어쩌다 한 번 하는 우리의 외식도 지금보다는 더 편안할 텐데.

뒤늦게나마 나는 내게 좋은 것을 주는 법을 배우고 또 연습한다. 가능한 선에서 질 좋은 걸 산다. 누가 뭘 해주면 사양하지 않고 받는다. 목돈을 모아 요가를 등록하고 되도록 병원을 제때 간다. 때론 근사한 데서 밥을 먹기도 한다. 부모로선 잘 모를 좋은 걸 누려도, 스스로를 이기적이라 느끼지 않으려 이를 악문다. 동거인이 놀리는 걸 보면 갈 길이 먼 것 같지만, 나는 나를 보살피는 훈련을 거듭한다. 그래야 부모를 포함해 그 누구라도, 나를 챙기느라 그 자신을 뒷전으로 두지 않을 수 있다. 그래야 나에게 최선을 다해준 사람들을, 원망하지 않고 끝까지 이해할 수 있다.

동거인의 캠핑을 따라가는 건 훈련의 일환이다. 캠핑을 가면 동거인이 거의 대부분의 일을 도맡아 해주기 때문이다. 그동안 나는 뻔뻔하게 앉아서 쉰다. 겨울에는 가끔 엄마의 개도 캠핑에 데리고 간다. 텐트 안에서 개는 한 뼘의 볕이 있는 자리에 자기 몸을 두기도 하고, 난로 앞 조금 더 따뜻한 곳에 자리를 잡고 웅크리기도 한다. 주어진 데서 기어이 제 몸만큼의 좋음을 찾아내는 것이다.

'너는 바로 아는구나.'

내가 오래 걸려 배운 걸 개는 그냥 해낸다. 기특하고 근사한 개 같으니. 몇 년 전까지만 해도 그런 광경, 자신이 괜찮아지는 위치를 미리 알아두고 스스로를 거기 놓는 존재 앞에서는 마음이 볼썽 사납게 흐트러지곤 했다. 그러나 이제는…. 웅크린 개를 빤히 바라본다. 걷는 법을 모르고도 걸었고 숨 쉬는 법을 모르고도 숨 쉬었다. 사랑하는 법을 모르고도 사랑했고 사는 법을 모르고도 살았다. 나를 키워낸 내 부모처럼, 언제나 모르면 모르는 대로 해내는 것들이 있다. 하지만 배우면 배우는 대로 더 해내게 된다. 그걸 안 뒤로 나는 배우고 싶은 모든 걸 조금 더 오래 본다. 그럼 볕을 받아 털끝 하나하나가 빛나는 작은 개의 부드러운 몸이 조금씩 솟았다 가라앉길 반복하듯 감탄과 슬픔이 내 몸을 고요히 오르내린다.

어떤 자연스러움은 누군가에게 훈련의 영역에 있지.

그런 게 언제나 조금씩 나를 상하게 만든다고, 개를 쓰다듬으며 생각한다. 아무 불편도 모르는 얼굴, 그래야 한다고 주장하는 멸균된 얼굴은 역시 내 것이 아니다. 훈련해봤자 조금 상한 얼굴을 더 자연스럽게 여기는 내 관점은 아무래도 끝내 바뀌지 않을 모양이다. 그래선지 어떨 때 사람들의 얼굴이 다 조금씩 상한 것처럼 보이곤 한다.

대중교통을 오가며 힐끗힐끗 사람들을 본다. 사람들이 상처 입거나 불행하지 않길 바라면서. 그러나 나는 어쩐지 그들 각자의 상처나 불행이 없어지길 곧장 바라지는 않는다. 거기서 오는 고통과 모순 같은 것들은 한 사람을 감싸는 오래된 맥락이므로. 나로선 그 안에 새겨진 것들을 가만히 들여다보고 싶다. 그들의 완두콩들을 헤아려보고 싶다. 그런 건 사람이 상처와 불행 속에서도 그럭저럭 버티며 살아갈 수 있는 존재임을 알려준다.

다만 그 사실을 증명하겠다고 나를 몰아세우는 건 그만두었다. 스스로를 보살피는 게 죄가 아니라는 걸 개조차 그냥 안다. 나는 개처럼 살아서 숨 쉰다. 개에게 배운 바, 그건 머무르는 자리에서 언제나 한 뼘의 볕을 찾아내야만 한다는 뜻이다.

RIP 내 안의 디오니소스

"다 나이 들어서 그래." 지인이 말했다. 맞는 말에는 기분이 더 상하기 마련이므로 나는 그를 째려봤다. 그 자리에서 나는 여전히 술을 즐기지만 전과는 그 양상이 다르다고 말하던 중이었다. 이젠 누굴 만날 때 술을 아예 안 마셔도 상관없고, 마신다 하더라도 맥주 혹은 와인 두어 잔 정도로도 충분하다고 말이다. 나는 더 이상 나를 초과해서 마시지 않는다. 그런데 그게 다 나이 때문이라니. 언젠가부터 나이는 내 행동을 설명하는 거의 모든 이유가 되었고, 분하게도 그걸 증명하듯 몸은 잘 안 따라준다. 한 해 한 해 위장이 둔해지고, 밤이 깊어지면 더 빠르게 눈이 무거워지고, 조금 오버해서 마셨다 싶으면 그 파장이 며칠을 가고….

하지만 번화가에서 술에 취해 좀비마냥 거리를 배회하는 이들 중에는 나보다 나이 든 사람들이 꽤 많다. 친구들 중에서도 언제나 흥청망청 마시는 녀석들이 있고 말이다. 안색으로 미루어 장담하건대, 지금의 내 신체 나이는 그들보다야 젊게 나올 것이다….

훨씬 어렸을 때의 나는 꼭 그들처럼 마셔댔다. 그 얘기를 하려면 J의 통장에 관해 이야기해야 한다. 미대 동기들 중엔 나처럼 화실 아르바이트를 하는 친구들이 좀 있었는데 J는 그중 한 명이었다. 어느 날 아침 매점에서 마주친 J는 학기가 끝날 즈음 벌써 300만 원이나 모았다며 방학 때 유럽 갈 비행기 티켓을 끊을 거라고 했다. "와 어떻게?" 내가 놀라자 J는 아르바이트 첫날 통장을 만들러 갔다고 했다. 번 돈을 거기에 따로 차곡차곡 모아놓으라고 엄마가 시켰다는 것이다. 평소 꼬박꼬박 용돈을 받는 J로서는 그 돈을 그렇게 모아놓아도 생활에 아무 문제가 없었다. "내 돈으로 여행을 가다니!" 아침으로 산 바나나를 만지작거리는 J의 얼굴이 환했다. "이참에 너도 가. 엄마 말이 우리 나이 때는 좀 더 멀리 가봐야 한다더라."

내가 아르바이트를 두어 개씩 한다는 걸 알고 있던 J는 나에게도 여행용 통장을 만들기를 권했다. 마치 은행 창구 직원처럼 상냥한 말투였으므로, 나는 순간 나에게 이걸 정말 깨겠냐고 물어보던 은행 창구 직원을 떠올렸다. J가 통장을 만들었을 무렵 나는 통장을 부수려고 은행에 갔었다. 대학에 입학하며 만든 청약통장이었는데, 창구 직원은 돈을 안 넣고 내버려두기만 해도 되는 통장을 왜 깨냐면서 안타까워했다. 거기에는 고작 6만 원이 들어 있었다. 그 6만 원을 어떻게 썼는지 되짚어봐도 잘 기억이 나지 않았다. 뭐 밥값이나 재료비나 자잘하게 들어가는 생활비가 되었겠지. "너 돈 많이 벌잖아?" J는 말했다. 그 애는 내가 번 돈들이 비행기 티켓처럼 기억에 남을 모양으로 뭉쳐지기보다는 찰기 없이 부서져나간다는 걸 모르는 눈치였다. 나는 J에게 말했다. "당연하지, 나도 그래야겠다."

같은 학교를 다니면서도 J와는 자주 마주치지 않았다. 그러나 나는 J를 보지 못한 그 뒤로도 아주 오랫동안 J의 통장을 생각했다. 이를테면 누군가 화장품이나 옷 같은 걸 턱턱 사고 바꿔낼 때. 나이 제한이 있는 동아리 활동을 하고 어학연수를 가고 여행을 다녀올 때. 돈 걱정

없이 학원을 등록해 한 번에 자격증을 따내곤 취업 준비에 성공해낼 때. 괜찮은 연인과 좋은 곳에서 데이트를 하고 결혼을 생각하며 청약통장을 불려갈 때. 여전히 아르바이트 중이며 통장에 300만 원이 없는 내게, 누군가 지금 그런 식으로 한심하게 머물러 있을 때가 아니라고, 내 나이대에 해야 하는 더 중요한 일들에 대해 말할 때. 그러니까, 다들 나를 두고 어디론가 멀리 멀리 가버리는 것 같을 때….

그럴 때마다 J의 통장을, 그러니까 아무리 애써도 시작점부터 다른 어떤 것을 생각했다.

당시 내가 갈 수 있는 가장 먼 곳은 아침 8시 즈음 24시 순댓국집에서 나왔을 때의 풍경이었다. 아르바이트가 끝나면 누군가 술 한잔을 하자고 제안했다. 여기저기 빠져나간 뒤 남아 있는 잔액으로 할 수 있는 게 몇 없었던 것처럼, 잔뜩 일한 뒤 밤이 되면 할 수 있는 게 별로 남아 있지 않기도 했다. 그렇게 가게 된 술자리가 늘어나면서, 나는 디오니소스가 된 것마냥 굴었다. 취기가 무언가 중요한 것에 진입한다는 느낌과 닮아 있다는 걸 발견한 것이다. 그 느낌이란 J 같은 친구들로서는 도저히 모를 어떤 것이었다. 그래, J가 인생에 대해 도대체 뭘 알겠어?

정말로 스스로 돈을 번다는 것에 대해? 그러느라 늦게까지 일하고 넘기는 술의 의미에 대해?

　그로 인해 나는 술자리에 끝까지 남아 죽어라 마셔대는 일을 도무지 멈추지 못했다. 그러면서도 내가 돈을 번다는 건 내 몸을 내가 건사해야 한다는 의미였으므로, 길어지는 술자리마다 정신줄을 붙들고 멀쩡한 척 나 자신을 연출하려 애썼다. "더 마실 거지?" 마치 어딘가 멀리 가자는 양, 술자리의 상대방은 매번 내게 물었고 나는 매번 흔쾌히 답했다. "당연하지. 더 멀리가자." 갈 수 있는 가장 멀리. 1차, 2차, 3차…. 그렇게 밤새 달려가다 보면 하나둘 가게가 문을 닫아 24시 순댓국집 외에는 갈 곳이 남아 있지 않았다. 입에서 구취가 올라오고 배가 지나치게 불러올 때면, 마침내 이 모든 술판에 제동을 걸 듯 날이 밝아오고 도로의 차 소리가 점점 커져갔다. 간밤의 사람들은 누가 계산을 했는지도 모르게 갯강구 마냥 각자의 집으로 흩어졌다. 그렇게까지 마신 날이면 평소보다도 집으로 가는 길이 퍽 힘이 들었다. 출근을 서두르며 바삐 걷는 부지런한 사람들과 골목을 치우는 노인들 사이를, 누가 봐도 밤새 술을 마신 몰골로 지나쳐야 했으니까. 아침 햇살이 그들과 나를 동시에 비추면 지난밤이 파

스스 부서져나갔다. 거의 지워진 화장으로 얼굴 구석구
석이 당겨왔다. 조심스럽게 만져본 뺨은 또래보다 늙은
누군가의 얼굴처럼 메말라 있었고, 나는 눈을 내리 깔며
내가 너무 멀리 왔다고 생각했다.

　그래. 그때보다 더 멀리 왔다. 지인의 말대로 나이가
든 것이다. 그 과정을 함께하고 있는, 8년 가까이 만나
온 동거인 앞에서 나는 두 번 정도 만취한 적이 있다. 거
의 매주 술을 마셔온 역사를 생각해보면 적은 횟수 같다.
다음 날 기억이 잘 안 난다고 어물쩍 넘어가기도, 숙취로
개고생하기도 했지만. 적어도 지금까지 술자리 내 모습
은 어디까지나 내가 연출한 선까지였다. 이 정도까진 괜
찮지, 하고 스스로 용인한 선. 그 이상 흐트러지는 것도,
나는 모를 내 모습을 타인에게 보이는 것도 싫었고 지금
도 그렇다. 나이만큼이나, 술을 적당히 마시고 관두게 된
데에는 그런 내 기질 탓도 있다.
　다만 이젠 죽어라 마시든 그렇지 않든 마음이 전보다
는 편하다. 특히 동거인 앞에서는. 아마 그건 동거인이
나를 재촉하지 않은 유일한 사람이어서 그럴 것이다. 동
거인 전에 만나온 사람은 하나같이 내게 물었으니까. "너

는 그래서 뭐가 될 거야?" "그러고 살 거야?" 그것도 아니면 이렇게 물었지. "더 안 마실 거야?" "너 재미없는 사람이야?" 내가 어디론가 멀리 멀리 가야한다는 듯이 묻던 그들과 달리 동거인은 말했다. "아마 넌 알아서 잘 할 거야, 네게 필요한 건 네가 가장 잘 알 테니까." 우리가 만나던 초반, 그는 내가 이미 제자리에 있다는 듯 굴었고….

아니면, 심각하게 취한 내가 생각보다 덜 추잡해서 마음이 편해진 걸 수도 있다. 정신을 잃을 만큼 취하면 벌거벗고 바깥으로 뛰쳐나가 머리서기라도 하지 않을까…. 나는 나도 모르는 나를 나름대로 열심히 봉인해온 만큼 기왕이면 내 안에 대단한 미친 자가 숨어 있길 내심 기대해왔다. 봉인 해제! 그러나 완전히 취했을 때의 나는 중얼중얼거리다 기절하듯 잠 드는 게 다다. 동거인은 낄낄대면서 그런 내 모습을 찍어두었다가 다음 날 보여주었고 영상 속 내 모습에 나는 수치스러워하면서도 안심했다. 안심한 나머지 시시하다고까지 느꼈다. '별거 없네. 뭘 그렇게 지키려 들었던 거지?'

어쨌거나 이제 적당히 술을 마신다. 내가 있다는 이유로 마음 놓고 마시고, 그로 인해 내 앞에서 마음껏 만취해온 동거인은 물었다. "그렇게 마음이 편하면 술을 더 마음껏 마실 수 있는 거 아냐?" 나는 도리어 그렇지 않을 때 술을 더 마시게 되는 거 같다고 답했다.

나의 강박, 나 자신을 놓아선 안 된다는 강박이야말로 세상이 냉혹하다는 인식에서 온 것이었다. 세상이 내게 조금도 틈을 주지 않는다는 인식은 내가 매번 정신을 바짝 붙들도록 도와주었지만, 동시에 나로 하여금 정신을 잃기 직전까지 술을 마시게 만들었다. 나는 지겨웠고 외로웠고 어디로든 나보다 멀리 가고 싶었다. 지쳤고 쓸쓸하고 아프고 궁금했다. 언제까지 이렇게 붙들고 살아야 할까. 잠시라도 내려놓을 수는 없을까. 그럴 수 있을 만큼 깊고, 편안하고, 반짝이는.

나 자신과는 먼 무언가가, 내게도 주어질까?

나는 내가 너무 무거워서 그런 게 알고 싶었다. 내게 있어 모든 술자리는 그 질문과도 같았는데, 나는 그 답을 확인하고 싶었고 확인하고 싶지 않았다. 그런 내 마음엔 실낱같은 희망과 함께 그 희망조차 좌절될지도 모른다는 어떤 긴장이 내포되어 있었다. 그래서 들떴고 가라앉았다. 취하지 않으려 애쓰는 동시에 나를 놓아버리고 싶은 욕구, 그렇게 무언가를 확인하고 싶은 욕구와 싸우며 술자리의 끝까지 남아 있곤 했다.

지금은 술을 그렇게 퍼마실 어떤 동력 같은 게 내 안에서 사라져버렸다. 동거인이 그것을 죽였다.

가끔, 느닷없는 후회가 엄습해온다. '정말… 죽었나? 뭐든 저지를 수 있던 시기를 지나, 이제 영영 아무것도 저지를 수 없게 되어버렸나?'

다 나이 들어서 그런 거라는 말을 자주 듣다 보면, 술을 퍼마실 동력이 죽은 것뿐인데 내 젊음과 모든 가능성까지도 다 죽어버린 것처럼 느껴진다. 나는 그토록 바라온 평온이 종착역이자 무언가의 종말로 느껴지는 날 또한 있다는 데 놀라워하고 또 비통해한다. 세상에, 더 망나니처럼 살걸…. 그건 마치 삿포로의 한 펍에서 마셨던 산토리 마스터즈 드림 생맥주를 그리워하는 일 같은 것이다. 거기 다시 가서 그 맥주를 마실 일은 요원해 보이므로, 나는 종종 그때의 내가 왜 그걸 고만큼만 마셨는지 자책한다. 더 많이 퍼마셨어야 했는데!

어린 여자들에게 내가 못한 걸 대책 없이 권한다. 함부로 살라고, 할 수 있는 한 다 저질러보라고. 친구들은 그런 내가 무책임하다고 했지만 알바냐…. 그래봤자 인간은 내 말대로 안 하고 자기가 하고 싶은 대로 한다. 누가 뭐라고 하건 어린 여자들은 어차피 자기가 할 수 있는 만큼을 할 것이다. 돌이켜보면 나 역시 대부분의 일을 내가 할 수 있는 만큼 했고 앞으로도 그럴 것이다. 더도 덜도 말고 딱, 나만큼. 그래놓고도 나는 생맥주를 더 마시지 못한 걸 아쉬워한다. 물론 자책하는 대신 열심히 돈을 모아 삿포로의 그 펍에 다시 가면 된다. 그리고 마셔본 것 중 최고의 생맥주를 다시 마시며 이렇게 말하는 것이다. "이러느니 파리에 가서 와인을 마셨다면 또 어땠을까…" 돈도 시간도 체력도 모자라고, 해본 건 해보고 싶은 것 뒤로 밀려나고, 다 할 수는 없고, 나는 내가 딱 나만큼인 게 매번 아쉽고… 항상 나보다 멀리가고 싶다. 근데 그게 나쁜가. 죽은 걸 그리워하는 것도, 가보지 않은 길을 욕망하는 것도 그냥 인간의 숙명 아닌가?

여전히, 가끔은 잘 모르는 사람과 밥을 먹고 싶다. 음식이 이에 낄까, 무슨 말을 할까 입을 오므리고는 음식을 깨작이며 도무지 삼켜지지 않는 상대를 바라보고 싶다. 어색해서 그대로 내버려두거나, 어색해서 휘저어지는 공기를 즐기고 싶다. 어디 멀리 여행을 가기라도 한 양. 적당히 선선한 날씨에 적당히 설레는 기분으로 적당한 사람과 걷고 싶다. 상대의 말을 듣는 둥 마는 둥 의미 없는 이야기를 하며 시간을 떠내려가다, 한가한 길목 가게 밖으로 도망 나온 좋은 음악을 훔쳐듣고 싶다. 그러다 저녁 즈음엔 상대와 친해지고 싶다. 피식피식하다 한순간 좁혀 앉아 고개를 나부끼며 웃고 싶다. 술을 왕창 사서 어느 벤치에라도 앉고 싶다. 눈을 마주하고, 수줍음으로 목을 축이며 괜한 작은 터치로 더듬고 싶다. 타인의 홍채에 무엇이 들어 있나 가까이서 보고 싶다. 내가 모르는 얼굴에 그가 모르는 얼굴을 포개면서. 마침내 아침엔 잘 몰랐던 사람을 와락 삼키고 싶다. 벌레 소리와 풀 소리와 물 소리 그리고 상대의 비린내. 그걸 느낄 저녁만을 기다리느라 그리도 질질 시간을 끌었노라고, 내 안에 꿈틀대는 것들이 멋대로 날뛰게 내버려두고 싶다.

아침이 되면 강제로 헤어지고 싶다. 하루치 불가피한 특별함과 감정의 부산물에 눈물짓고 싶다. 전날 밤까지는 그렇게나 생동적이고 낭만적이던 것이 더는 아름답지도 관능적이지도 않다는 데, 내가 간신히 쥐었던 것이 아침 햇살에 파스스 사라져버리는 일에 놀라면서….

그럼 나는 아직 달궈지기 전인 아스팔트 위를 걸으며 중얼거릴 것이다. 이토록 질식할 것 같은 세상에서 삶을 스스로 위로하는 게 뭐가 그리 나쁘냐고, 어디로든 나 자신을 던지는 능력 없이 내가 무엇이 될 수 있느냐고, 아니 도대체 내가 무엇이 될 수나 있긴 한 거냐고….

그러곤 까무룩 자고 일어나 이불과 머리카락, 방안에서 진동하는 술 냄새에 얼굴을 찌푸리며 창을 열겠지. 뭘 원하는지도 정확하게 모르면서, 볼에 닿아오는 선선한 바람에 다시금 지긋지긋하고도 불가피한 기대를 걸기 위해.

그런 것들이 그립다. 다시는 돌아가지 않을 만큼.

그걸 추모하기 위해 내게는 그렇게나 많은 취한 밤이 필요했다.

미리 죽기

헤어짐을 고민하자 K는 잊지 마, 라고 말했다. 내 벗은 몸이 나오는 영상을 갖고 있다는 거였다. 나는 물었다. 그래서?

그가 그 영상으로 뭘 할 것 같지는 않았다. K는 나와 헤어지고 싶어 하지 않을 정도로 나를 사랑했고, 가끔 엇나갈지언정 차마 못된 일을 저지르지는 못할 정도로 마음이 약했다. 나는 그런 그의 성정이 좋아서 그와 오래 만난 터였다. 동시에, 나는 K가 '그럴 수도 있다'고 생각했다. 만나는 남자에게 확신을 갖기에는 인터넷에 너무 많은 여자의 몸이 있었다. 경험은 우리에게 경험을 신뢰하지 말라는 교훈을° 준다. 거기다 나는 K의 앎이 마음에 걸렸다. 만나는 내내, 내가 이 사회에서 여성이 겪는 위험에 대해 말할 때마다 K는 인상을 찌푸렸다. 네가 왜 그런 생각을 하는지 모르겠다고, 그딴 건 관심 없다고 했다. 나는 그가 정말로 아무것도 몰라서 그런 걸 거라고 애써 모른 척할 만큼 그를 사랑했었다. 그러나 K는 나를 협박함으로써 자신의 말을 번복하는 셈이었다. 애써 모른 척해온 건 나뿐이 아니구나. K의 협박은 그런 영상이 공개되었을 때 그 자신은 괜찮지만 내 삶을 무너질 수 있다는 걸 그가 알고 있다는 의미이기도 했다. 의식적으로든 무의식적으로든. "그래서?" 나는 K와 정말로 정말로 끝내기로 마음먹었다.

헤어지고 궁금한 게 많아졌다. 나는 K가 나를 그리워할지 궁금했다. 밥은 잘 먹을지, 잠은 잘 잘지 궁금했다. 지금도 그 노래를 좋아할지, 여전히 지나온 일에 눈물짓는지 궁금했다. 그런 유약한 면이 있는 K가 내가 나오는 영상을 아직 갖고 있을지, 어떻게 쓸지 궁금했다. 아니, 이제 나는 내 영상을 가진 게 비단 K뿐일지도 궁금했다.

○　릴 틸먼, 《어머니를 돌보다》, 돌베개, 11쪽.

영상이 돌아다닌다면 내 삶이 어떻게 될까? 왜 내가 이런 걸 궁금해해야 하는지, 누구나 사랑을 하고 헤어진 뒤에는 그런 걸 걱정해야 하는지 궁금했다. 떠도는 영상 속 여자들이 어떻게 지내는지, 그걸 올린 남자들은 또 어떻게 지내는지 궁금했다. K는 단 한 번이라도 이런 걸 궁금해해본 적 있을까? 그럼에도 스스로 아무것도 모른다고 생각할까? 무엇보다 나는 K가 정말 그렇게 형편없는 사람일지 궁금했다. 내가 한때 온 마음을 다한 사람이. 정말? 정말이야?

몇 년간 몰카를 검색해왔다. 내가 아닌 여자들을 봐도 안심은 되지 않았다. 그들의 얼굴은 모두 달랐다. 그렇게까지 많은 여자가 영상의 주인공일 수 있다는 사실로 하여금, 나는 인터넷 어딘가에 나 역시 존재할 거란 확신을 도무지 떨칠 수 없었다. 내가 아는 어떤 여자도 영상의 주인공일 수 있었다.

하루는 뉴스를 보며 몰카를 두려워하던 동생에게 말했다.

−나는 차라리 언젠가 일어날 일로 여겨보려고.

−어떻게 그래? 그게 될까?

─야, 말이 그렇다는 거지 쉽게 되겠냐….

동거인은 내가 살면서 본 사람 중에 운전을 가장 잘한
다. 두려움에 면허조차 따지 못한 나는 여러 번 그가 대
범하다고 감탄했다. 어떻게 아무렇지도 않을 수 있냐고,
그 비결을 묻자 그는 자기도 운전이 두렵다고 했다. 두려
운 나머지 차키를 꽂을 때마다 오늘 도로에서 죽게 될 거
란 각오를 한다고 했다. 죽음을 각오하면 오히려 운전을
잘하게 된다는 거였다. 그에 따르면 그는 매일같이 죽어
봤다. 동거인의 운전 실력은 그가 도로에서 일어나는 일
들에 아무렇지 않고 대범하다는 증거도 아니었고 삶을
우습게 여긴다는 의미도 아니었다. 그건 결코 삶을 체념
할 수 없음을, 죽고 싶지 않음을 에둘러 수긍한 것에 가
까웠다.

때로는 잘 살기 위해 미리 죽는 게 좋다.

나는 동생에게 그처럼 미리 죽어보자고 제안했다. 한
여자가 나오는 영상을 올리는 사람은 그 여자가 평범하
게 잘 살아가는 걸 원하지 않을 거였다. 여자가 사회적으
로 죽어버리길 바라면 바랐지. 다만 자는 사람을 잠들게
할 수는 없고, 죽은 사람을 죽일 수는 없는 법이었다. 미
리 죽은 여자를 죽일 수는 없을걸. 나는 상대가 원하는

게 뭐든 절대로 순순히 주지 않을 거라고 동생에게 말했다. 만일 동생에게 그런 일이 생긴다면, 네 잘못이 아니라고 말해주기 위해 끝까지 곁에 있을 거라고도 했다.

－있잖아, 만일 내가 영상에 나오면.

－언니가 나오면?

－나는 광화문에 달려가서 벌거벗을래. 내 몸을 숨어서 보게 하느니 차라리 내가 먼저 온 사방에 내보일래. 누군가 손가락질하면 그 손가락을 덥석 잡아 내 몸을 찌르게 할래. 그 몸이 같은 장소에서 살아 숨 쉬는 몸이라는 걸 알려줄래.

－그럼 나도 언니 편을 들 거야.

－그래 줘. 절대로 안 숨을 거니까.

그런 다짐은 나를 파괴할 권리 같은 건 아니었다. 죽는 걸 우습게 여기자는 말도 아니고, 아무렇지 않아야 한다는 것도, 아무렇지 않다는 것도 역시도 아니었다. 그런 걸 다짐하는 거야말로 미리 죽는 일과 비슷했다. 나는 동생에게 거듭 말했다.

－극복할 순 없겠지만… 어떻게든 끝까지 포기하지 말자는 얘기야.

언니 말 이해해? 동생은 고개를 끄덕였다. 이해해. 그날 함께 미리 죽기를 다짐하면서 나는 동생의 얼굴을 내 안에 새겼다. 사랑하는 그 애가 내 말의 의미를 알아준다는 데, 우리가 이런 이야기를 함께 나눌 수 있다는 데 안도하면서. 그런 대화에 많은 설명이 필요하지 않은 사람이 있다는 건 때로 나를 버티게 한다. 하지만 때로는 많은 여성이 이 대화를 쉽게 이해하고 있다는 의미를 떠올린다. 그럴 때면 피할 길 없는 슬픔과 분노가 덮쳐오고, 사후 경직을 맞이하듯 온몸이 뻣뻣해진다.

어릴 때 본 폼페이 전시에는 껴안은 채 한데 죽어버린 연인의 형상이 있었다. 내가 본 건 화산재 속에서 썩어 없어진 시체의 자리에 석고를 넣어 본떠놓은 모형이었지만, 초등학생이었던 나는 정말로 죽은 인물들(영영 굳어버린 이들)을 그대로 가져왔다고 생각하고 그 앞을 떠나질 못했다. 뒷골이 쭈뼛해지던 건 매혹이었을까, 공포였을까? 어떤 이미지는 그 여파로 인해 한 인간의 일부가 되어버리고, 죽은 이들과 화산은 그렇게 내 안에 영원히 자리 잡았다.

폼페이 전시는 여전히 주기적으로 한국에 온다. 사람들은 누가 어떻게 죽었는지에 관심이 많다. 전시는 아직

유효하다. 그러나 폼페이 전시로 인해 내게 일찌감치 각인된 건 자기 잘못이 아닌 일로도 삶은 순식간에 폐허가 되어버릴 수 있다는 것이다. 서른 중반의 나는 종종 상상한다. 산더미 같은 책, 고르고 고른 집안의 물건들과 어제 사다놓은 식재료. 이제 그만 식성도, 취향도 비슷해진 나의 동거인과 함께 점심을 차려 먹으려 마주 앉은 테이블을 향해 저 멀리 용암이 달려오는 상상을. 뜨거운 화산재와 가스가 머리 위로 쏟아지고, 나의 삶, 그 삶을 곁에 두려고 쏟아온 시간과 마음이 눈 깜짝 할 새에 폐허가 되는 상상을.

오래전 화산 폭발로 죽은 이들과 나는 다르다. 다만 어딘가에 꼼짝없이 굳어버린 여성들, 삶이 폐허가 되는 광경. 그런 걸 자신의 일부로 느끼는 여성들이 예비하는 죽음. 나로선 이따금 폼페이 전시가 지금 시대를 살아가는 여성에 대한 은유처럼 느껴진다. 이 또한 유적이 오늘날 현대인에게 작용하는 하나의 방식이다.

코로나로 식도, 신혼여행도 취소해 결국 가보지는 못했지만 2년 전 신혼 여행지를 물색하던 시기 나는 에트나 화산이 있는 시칠리아를 떠올렸다. 에트나 화산은 폼페이를 멸망시킨 베수비오 화산과 같이 이탈리아의 대표

화산 중 하나이자 유럽에서 가장 높은 활화산이다. 그로부터 대략 1년이 지난 작년쯤 정말로 에트나 화산이 폭발했다. 관련 기사를 읽는 나를 보며 동거인은 내가 왜 하필 그런 화산이 있는 시칠리아를 가고 싶어 했는지 뒤늦게 궁금해했다.

나는 살아 있는 화산이 보고 싶었다.

그건 한 사회의 여성으로 살아온 내내 느낀 것, 나를 괴롭혀온 보이지 않는 뉘앙스 같은 걸 어떻게든 확인하고 싶다는 기이한 열망 같은 것이었다. 은근히 당하는 따돌림을 참다못해 차라리 날 대놓고 때리는 구체적인 인물이 나타나길 바라는 사람처럼. 여러 번 미리 죽으며 나는 뭐가 되었든 내 삶을 뭉갤 수 있는 존재를 마주하고 싶었다. 마주하면 뭐라도 대처하게 될 수 있다는 듯이.

하지만 나는 살아 있는 화산만큼이나 살아 숨 쉬는 사람들 또한 보고 싶었다. 폐허가 될지도 모르는 가능성을 곁에 둔 사람들을. 죽음을 각오하고서도 결국 살아가고야 마는 사람들을. 활화산 아래서도 활기차게 이어지는 시칠리아 사람들의 식성, 거리에 흐르는 음악과 말들의 높낮이, 주고받는 눈빛과 체온, 평범하고 특별한 하루하루가 쌓아온 것을 내 두 눈으로 똑똑히 보고 또 겪고 싶었다. 잊지 마, 라는 K의 말 위에 내가 덧입혀야 하는 것. 삶. 말하자면, 그건 내가 품어온 모든 죽음과 폐허가 그려오던 것이었다.

딥페이크 사진의 초상

가끔은 미신적인 생각에 휩싸인다. 어떤 글을 쓰는 건, 그 일이 가까이에 있다는 걸 내 오감이 감지해서일지도 모른다는 생각.

누군가 나에게 비공개 계정으로 DM을 보내며 성인 사이트에 내 사진이 있다고 말했을 때 놀랍게도 나는 K와의 일에서 시작된 글을 쓰고 있었다. 처음에는 로맨스 스캠이나 해킹 시도 같은 것이겠거니, 대수롭지 않게 생각했다. 인스타그램에는 워낙 이상한 DM을 보내는 사람이 많았다. 그래도 혹시 몰라 나는 IT 회사에 다니는 동거인에게 사이트 확인을 해달라고 보냈다. 그에게 곧바로 연락이 왔다. "이거 스캠 아닌데?"

유해 차단 사이트로 분류된 그 사이트는 내 휴대폰으로 들어가지지 않았다. 나는 동거인에게 사이트에 무엇이 있는지 캡처해서 보내달라고 했다. 동거인은 망설이다 사진을 보내주었다. 다 벗은 채 다리를 벌린 여자의 몸에 내 얼굴이 합성된 사진 무더기가 #페미 #육변기 #임지은 같은 태그와 함께 펼쳐졌다. 그중엔 정말 나 같아 보이는 사진도 있었지만, 대부분은 어딘지 기괴하고 열악했다. 다만 정교하지 못하다고 괜찮은 건 아니었다. 귓가에서 심장이 뛰었다. 쿵쿵 소리를 들으며 나는 딥페이크 기술의 발전을 이런 식으로 접하게 될 줄은 몰랐다고 말하고는 바보처럼 웃었다. 그게 그날 내 반응의 전부다. 그 이상 무슨 말을 해야 할지 몰라서 나는… 잠깐 멎었다. 배가 고프지도 목이 마르지도 않았고 말하고 싶지도 움직이고 싶지도 않았다. 알고 보니 그날 동거인도 종일 그랬다고 했다.

한동안 DM을 보낸 그와 계속 대화를 나눴다. 그러다 보면 혹시 뭐라도 알게 될지 모르는 일이었다. 서울대 딥페이크 사건 범인이 잡혔을 무렵이었다. N번방에서 활약한 추적단 불꽃의 멤버가 개인적으로 잠복해 꼬리를 잡았다는 기사를 읽었다. 그 기사를 참고해 나도 그가 말을 이어가도록 반응을 유도했다. 실은 유도할 필요 없이 그가 먼저 말을 걸어오기도 했다.

그의 말은 길어질수록 영 앞뒤가 맞지 않았다. 그는 자신이 선량한 보통의 사람인 척 굴었다. (이런 사이트는 보통 사람들은 잘 모를 거라고 했잖아?) 그에 따르면 연예인들이 음란물의 대상이 되는 건 몰라도 일반인이 이런 걸 겪는 건 도가 지나친 일이므로, 안타까운 마음에 자기가 그들을 직접 찾아다니며 제보를 해준다고 했다. (근데 연예인은… 왜 괜찮은 거야?) 그는 자신에게 여동생이 있기 때문에 이런 일에 더욱 신경이 쓰인다고 했다. (그럼 더더욱 제보를 할 게 아니라 본인이 나서서 화내고 신고해야 하는 거 아냐?) 내게 어떻게 대처할 건지 수시로 묻고는, 변호사에게 보여줄 때 도움이 될 거라며 내게 다른 여자들의 피해 사진을 한 무더기 보내주기도 했다. (남의 피해 사진을 퍼 나르는 건 2차 가해이자 유통이잖아?) 그와 대화를 하는 며칠 동안 해당 사이트에 내 사진은 다양하게 변주되어 계속 올라왔는데, 정말이지 그는 놀라울 만큼 빠른 속도로 나와 관련된 게시물이 언제 올라왔는지를 파악해 나에게 알려주었다. 마치 내 반응을 보고 싶어 하는 것처럼 느껴질 정도였다. (너, 매순간 그 사이트에서 죽치고 있는 거야?)

　-100퍼센트 그 새끼가 그 새끼야.

　동거인은 딥페이크 음란물을 만들고 유포하고 DM을 보낸 사람이 모두 같은 사람일 거라고 확신했다. 그 같은 확신은 없었지만 나는 좀 다른 방식으로 그 말에 동의했다. 내게는 밥을 먹을 때 습관처럼 기사를 읽거나 뉴스를 틀어두는 버릇이 있었다. 매일같이 여성이 살해되고 성범죄 피해에 연루되었다는 소식이 보도되었다. 뉴스는 취사선택을 거치고, 보도된 것 뒤에는 미처 보도되지 않은 것들의 맥락이 실재한다. 맥락의 이름은 사회. 한 사회의 구성원들은 그 사회가 풍기는 뉘앙스 아래 살아간다. 가스를 들이마시듯 나는 매일 그 뉘앙스를 들이마셨다. '보라. 감히 자신의 권리와 존엄을, 자기 의사와 자기 생각을 밝힌 여자는 죽는다. 남성의 기분을 건드리는 여자는 죽는다. 사람이고자 하는 여자가 있다면, 가만두지 않겠다…'

　사시사철 그런 뉴스를 보며 밥을 먹었다. 먹었던 반찬이 자주 기억나지 않았다. 여성 대상 혐오범죄를 저지른 이의 대부분은 기분이 상한 남성이었다. 그러나 이 사실 또한 어떤 남성의 기분을 상하게 하는 모양이었다. 모두를 싸잡지 말라며 연설을 시작하는 남성을 볼 때면 꾸역 꾸역 억지로 밥을 밀어 넣은 듯 목구멍이 콱 막혀왔다. '당신은 내가 감히 말하고 있다는 사실이 노여웠군요. 당신도 자신의 기분을 이유로 나를 휘두르고 처벌할 힘이 있다고 주장하고 싶군요. 당신은 이 모든 뉘앙스가 지속되길 바라는군요. 그 뉘앙스가 누군가를 질식시킬 때조차 자신의 불편함부터 말하는 당신이, 무엇도 바꾸지 않음으로써 뉘앙스에 가담하는 바로 그 사람이군요.'

몇 년 전 N번방을 비롯해 디지털 성범죄 관련 남성의 수는 몇 천 혹은 몇 만 명으로 추산되곤 했다. 소도시 도민에 해당할 정도의 수였다. 소수가 아닌 보편으로 느껴지기 충분한 숫자, 분명한 경향성과 내가 매일 들이마시는 것…. 그러나 내 사진이 올라온 사이트에서도 그랬듯, 여성들의 얼굴과 몸과 신원은 드러나 있는 반면 그 어떤 남성의 신원도 확인할 수 없었다. 사진을 올리고 주고받고, 댓글과 '좋아요'를 남기며, 여성을 벌하고 능욕하고 사물처럼 취급하는 익명의 군락이 있을 뿐이었다. 거대한 그 군락은 하나의 공통점으로 움직이는 듯 보였다.

여성은, 사람이 아니다.

그 모든 건 한 사람이 사람에게 가질 수 있는 신뢰 전반을 흔들어놓았다.

나로선 별 도리 없이 남자라는 존재가 단 하나의 얼굴로 느껴졌다. 지나가는 남성들도, 내 주변 남성들도 다 같은 얼굴을 가진 듯 보였다. 사람에 대한 신뢰를 회복하려면 내 마음이 공유되어야 했다. 몇몇 남성을 포함해 가깝게 지내는 지인들에게 이 일을 알렸고, 나조차 흠칫하게 되던 내 마음을 털어놓았다. 지인들은 화를 냈다. 나 말고, 전체 남자의 얼굴과 신뢰를 뭉개버리는 이들과 그걸 내버려두는 사회에. 어디에 화내야 할지 방향을 아는 동료 시민들 덕에 나는 사람의 얼굴이 얼마나 다양한지를 가까스로 기억해냈다. 몇 년 동안 내 삶과 그 맥락을 공유할 수 있는 이들만을 곁에 두려 분투했다. 성공하는 행운도 누렸다. 그러나 행운만으로는 근본적인 문제를 바꾸지 못한다는 것, 그런 걸 자주 생각했다.

DM을 보내고 사진을 올리고 유포한 이를 한데 묶어 계속 '그'라고 칭하자면, 그는 내 연인이자 동거인에게 이 사실을 알리지 않는 게 좋을 거라고 했다. 남자라면 이런 일을 좋아하지 않는다면서 말이다. 그의 말은 맞았다. 동거인은 이런 일을 정말로 좋아하지 않았다. 그러나 그의 말은 틀렸다. 우리가 몇 년째 같이 사는 사이라는 건 동거인이 남자라는 것보다 중요했다. 적어도 내게 동거인이라는 단어는 이런 일에서 절대적으로 내 편이어야 한다는 걸 의미했다. 동거인은 거듭 내게 아무 잘못이 없으며 만일 그 사진이 딥페이크 사진이 아니라 실제 내 사진이라고 해도 마찬가지라고 말해주었다. 앞장서서 모든 증거를 수집해주었고 돈이 얼마가 들든 고소해야 한다고 주장했다.

그가 내게 보낸 사진 중에는 다른 여자들도 있었다. 솜털이 보일 정도로 앳된 여자들부터 막 성인이 된 듯한 여자들. 그들로서는 법적으로 대처하기 더 어려울지도 몰랐다. 동거인과 나는 큰돈이 나갈 일들을 앞둔 터였다. 그를 잡을 수 있을지 없을지 결과를 장담할 수 없는 곳에 비용을 들여 변호사를 선임해도 되는 걸까. 내가 자신 없어 하자 동거인은 부담이 되어도 할 수 있는 사람이 하는 게 맞다고, 범인을 못 잡더라도 공익을 위한 지출로 여기자고 했다.

선임한 변호사는 차분하면서도 단단한 어투를 가진 내 또래 여성이었다. "이런⋯ 일이 많나요?" 내가 묻자 변호사는 헤아릴 수 없다고 답했다. 이해를 머금은 눈빛이 변호사와 나 사이에 오갔다. 그런 게 여성의 삶을 어떻게

갚아먹는지 구구절절 말하지 않아도 안다는 눈빛이었다. 처음 보는 또래 여성과도 그런 식으로 '아' 하면 '어' 할 수 있다는 게, 여성이라는 이유로 이 같은 전제를 공유한다는 게 내 마음을 짓눌렀다. 하지만 이런 일들에 고개를 돌리지 않고 애써주는 여성을 보며 솟아나는 힘 또한 있었다.

─주변에 누군가 이런 일을 겪으면 꼭 변호사님을 소개시켜주고 싶어요.

나는 그렇게 말하고는 곧바로 뉘우쳤다.

─그런데 죄송하지만 변호사님을 소개시켜줄 일은 영영 없어야겠어요.

변호사와 나는 서로를 보며 겸연쩍게 웃었다. "그러게요. 정말 그래야 할 텐데요…."

계약서에 서명을 마치고 나와 거리를 걸었다. 전날까지 비가 오다 말다 반복한 탓에 대기가 습했다. 그러면서도 볕만큼은 한 줌의 수분도 허락하지 않겠다는 듯 따가웠다. 다만 나를 어지럽게 하는 게 비단 더위만은 아니었다. '그가 잡히지 않으면 어떡하지? 잡으면 또 어떻게 해야 하지? 어떻게 사람이 사람에게 이런 짓을 하지?' 무더위 속 땀을 주룩주룩 흘리며 걷는데 엄마에게 전화가 왔다. 엄마는 자기 동네에 지금 비가 쏟아지고 있다고, 그래서 개가 산책을 안 나가고 현관에서 온 다리에 힘을 주고 버팅기고 있어서 웃기다고 했다. 엄마의 개는 제가 싼 오줌을 매번 밟고 다니는 주제에 발을 포함한 몸이 젖는 건 싫어 했다. 산책을 좋아하고 늘 실외 배변을 하는 개가 비가 싫다는 이유로 오줌을 참는다는 데 프스스 입꼬리가 올라갔다. 상황이 힘들어도 웃음이 나는구나.

그런 게 나를 살린다고 생각하며 집으로 향하는 버스에 올라탔다. 귀가까진 긴 시간이 걸릴 터였다. 그러나 보다 훨씬 긴 시간 또한 남아 있었다. 이 일과 함께 살아가야 하는 앞으로의 시간이. 창밖의 풍경이 빠르게 스쳐 지나가고, 나는 출발점에서 조금이라도 멀어지기 위해 분주하게 달리는 차들을 바라보았다. 결과가 어찌되든 엄마의 개처럼 중간중간 나를 살리는 일들이 있을 거라고 믿어보기로 했다.

∗

무언가에 집중하려고 할 때마다, 여러 남성의 성기를

마이크 잡듯 쥐고 있는 나, 스스로 성기를 벌리며 웃는 나의 이미지 같은 게 해 질 녘 천변의 날파리 떼 마냥 성가시게 눈앞을 어른거렸다. 이미지가 충격적이어서만은 아니었다. 이제 나는 처음처럼 소스라치지 않았다. 증거 수집 중 딥페이크 사진들을 여러 번 들여다보며, 나는 마취 주사를 여러 번 맞고 치과 병원 의자 위에 누워 기다리는 환자의 잇몸처럼 덤덤해졌다. 시각적 자극이 으레 그렇듯 어느덧 익숙해진 모양이었다.

그렇다 해도 사진에 묻어 있는 누군가의 구체적 악의는 좀처럼 익숙해지지 않았다. 한 여성을 사회적으로 고립시키려는 악의. 친구는 조작된 사진이어서 그나마 다행이라고 나를 위로했고 어떤 날에는 나 또한 그렇게 느꼈다. 그러나 어떤 날에는 조작된 사진이라는 바로 그 사실이 사이즈가 맞지 않는 옷처럼 내 몸을 죄어왔다. 부득이 그런 걸 만들어내면서까지 내게 굴욕을 주려는 이가 있다는 건 한 사람의 일상생활과 그가 해내야 하는 일을 방해하기 충분했다.

-대체 이게 다 무슨 일이래….

#페미 같이, 사용한 해시태그나 맥락으로 미루어보아 그는 내가 글을 쓰고 제 의견을 가진 게 마음에 안 드는

게 분명했다. 어떤 식으로든 글 쓰는 여성은 소외될 위험에 노출되었다. 나를 아끼지 않는 이들은 늘 이런 식으로 내게 닥치라고 했다. 한편 여성이 목소리를 내는 건 이런 위험에 처할 확률을 높이는 일이었으므로, 나를 아끼는 사람들 역시 내게 조용히 하라고 했다. 계속 그랬다간 혼자가 될 거라는 듯해서, 한동안 나는 내가 쓴 글과 내가 맺는 관계가 택일의 영역이라고 생각했다. 어떤 식으로든 글 쓰는 여성은 소외될 위험에 노출된다고, 다만 페미니즘은 나 자신에게 소외되는 것이야말로 두려운 일이라고 내게 가르쳤다. 한 여성이 누구의 심기도 거스르지 않으려 원하는 걸 포기하는 꼴을 두고 보지 않았고, 차라리 혼자일 각오로 자신에게 충실하길 요구했다. 나에게 닥치라고 하지 않은 건 오직 페미니즘뿐이었고 나는 결국 내 삶에 누적된 진실을 보고 듣고 느끼고 말하길 택했다.

그러니까 이런 꼴을 당하는 거라고, 그는 내게 가르치려 했다.

하지만 그의 가르침이 무색하게도, 잘한 선택이었다. 그걸 증명하듯 나는 제법 잘 버티는 중이었다. 비록 일상생활에 조금 지장이 있다 해도 말이다. 한동안 나는 목소리를 내는 게 모든 걸 포기하고서야 얻을 수 있는 삶의 핵심, 뭐 그런 건 줄 알았다. 그런데 핵심은 자기 자신에게서 소외되지 않을 때 생겨나는 관계에 있는 것도 같았다. 나는 혼자가 익숙해진 만큼 무섭지 않았지만 더는 혼자이지도 않았다. 그동안 주변에는 나를 잘 아는 사람들이 생겨났던 것이다. 이런 일 정도로 나를 혼자 두지 않을 사람들이. 그들은 나에 대한 진실과 내가 맺는 관계가 택일의 영역에 있지 않다고 알려준다. 사람을 방해하는 것도 사람. 사람을 버티게 하는 것도 사람. 누군가는 구체적 악의를 가르치지만, 후자는 구체적 선의를 가르친다. 그런 게 구체적 악의에서 나를 구한다.

친구는 그가 친밀한 관계가 없어서 이런 일을 저질렀을 거라고 했다. 나는 친구의 말을 정정했다. "이런 일을 저지르는 인간에게는 친밀한 관계가 없겠지." 친구는 끄덕였다. "어쨌든 한심한 새끼야!" 그렇게 가까운 이들과 함께 그를 형편없는 악당으로 치부하며 시시덕대면 조금은 기분이 나아졌다.

그러나 실은 그도 누군가에게는 좋은 사람일 수 있었다. 그는 믿음직한 자식 혹은 희생하는 부모일 수 있었다. 따뜻하고 의리 있는 친구, 신뢰 가는 직장 동료, 최선을 다하는 연인일 수도 있었다. 그도 아니라면 그는 그 자신에게 좋은 사람일 수 있었다. 그가 스스로를 제법 괜찮게 여기면서, 더 나은 사람이 되려고 애써왔을지 누가 알까? 나는 그에게도 친밀한 관계와 친밀하고 싶은 관계가, 그로 인해 빚어질 삶에 대한 기대가 존재할 거라고 상상했다. 인간사는 그렇게 생각해보는 게 조금 더 흥미롭고, 나는 늘 흥미로운 쪽에 끌린다. 그가 내 사진을 역겨운 방식으로 사용했다는 게 그의 삶에 어떤 영향을 미칠지 역시 내겐 흥미로운 일이다.

최근에 내가 DM에 대답을 하지 않자, 그는 게시물이 다 사라졌다며 나에게 DM을 보냈다. 확인해보니 정말로 게시물이 싹 지워져 있었다. 뭔가 신변의 위협을 느꼈나? 더 이상 재미가 없었나? 이유가 뭐든 그는 그가 한 일을 숨기고 또 지우려 했다.

하지만 무엇을 한들 그 일이 사라질까?

아니.

기록이 사라진다고 그가 한 일이 사라지지는 않는다. 그가 한 일은 내 USB와 변호사의 노트북에, 내 삶에, 이제 이 글에 남아 있다.

어쨌거나 그가 만든 딥페이크 사진은 내가 아니다. 내

가 한 인간으로 어떠한지에 대해 전혀 관심이 없는 그 사진은 나에 대한 어떤 진실도 말해주지 않으니까. 거기에는 내가 모르는, 내가 숨기는 진실 또한 없다. 나는 나 자신을 포함해 내게 유의미한 그 누구에게도 낯설어지지 않는데, 그건 사진 속 인물이 진짜 나라고 해도 변함없을 것이다. K가 영상을 갖고 있다고 나를 협박하던 때 혹은 그 이전부터, 나는 모니터에서 벌거벗은 나를 만날 날을 각오해왔다. 이 문장을 쓰는 동안 영혼이 저 아래 깊숙이 가라앉는다. 한 여성이 살아가는 데 그런 각오가 필요하다는 것에. 각오해온 일이 정말 일어났으며 여전히 이런 일이 헤아릴 수 없이 많은 여성에게 일어난다는 것에. 그럼에도 각오가 나를 돕는다. 나는 내 삶을 살아가기를 포기하지 않는다. 숨고 숨기는 대신 차라리 내가 처한 상황이 나와 함께 드러나기를 원한다.

그런 게 나를 위험으로 몰아넣었지만, 또한 친밀한 이들을 내게 선사해주었으므로.

오히려 내가 나온 딥페이크 사진은 그가 한 인간으로서 어떠한지에 대해 말해준다. 그는 사람을 사람으로서 마주하는 법에 대해 알지 못한다. 그는 여성이 의견을 내면 고립되어야 한다고 생각한다. 그는 자신과 무관한 한 여성의 삶에 굴욕을 주기 위해 시간을 쏟아왔다. 그 시간들은 이제 그의 일부로서 존재하고, 그로 하여금 그의 영혼은 크게 손상되어 있다. 그러니까 딥페이크 사진은 그에 대한 은밀하고도 낯선 진실들을 품는다. 그를 사회적으로 곤두박질치게 만들기 충분한 진실. 사람들이 그의 곁에서 도망가기에 충분한 진실. 어떤 모습을 가장해왔든, 그가 역겨운 짓을 저질렀다는 건 변함 없다는 진실.

그 진실들로 인해 내 얼굴이 있는 딥페이크 사진들은 다름 아닌 그의 초상이 된다.

그가 중요한 증거를 인멸하듯 급히 사진들을 지운 건 그 때문일 것이다. 그는 자신에 대한 진실을 받아들일 용기가 없다. 그 진실이 그를 고립시킬 것이므로. 나는 그가 지운 것들을 다시금 남기려고 이 글을 쓴다. 본인에 대한 진실을, 스스로의 초상을 지우려는 사람은 한 인간으로서 어떤 곤경에 처해 있는지 알리기 위해 쓴다. 그는 과연, 자기 자신을 소외시키는 곤경을 각오했을까? 나는 언젠가의 내가 그토록 두려워하던 것들이 그를 삼키려 화롯불마냥 넘실거리는 걸 먼 발치에서 지켜본다.

　가능하다면 꼿꼿해지려고 하는 편이고, 그건 내가 나
자신을 추스르는 데 대체로 도움을 준다. 나는 피해자답
지 않게 이사 준비를 바지런하게 이어갔다. 원고를 쓰고
요가를 꾸준히 가고 단정한 차림을 유지했다. 경찰청에
가는 날에도 일찍 일어나 목욕재계를 마치고 향수도 뿌
리고 화장을 곱게 했다.

　경찰청은 출입카드를 여러 번 찍어야 들어갈 수 있었
다. 사이버팀이 이사를 하게 되면서 일주일 정도 미뤄진
조사였다. 변호사와 동석해 든든했지만 그럼에도 보통은
갈 일이 없는 공간이기에 몸이 굳어왔다. 나는 긴장을 풀
어보려고 사이버팀의 여성 경위에게 집중했다. 그는 꼭
느와르 영화에 나오는 형사들처럼 높낮이가 크지 않은 무
뚝뚝한 듯한 말투를 썼는데, 그러면서도 무뚝뚝한 말투
로 민감할 수 있는 부분들을 에둘러 물었다. 조사 내내 내
가 대답할 때마다 경위의 손가락은 키보드를 치느라 바삐
움직였다. 그때마다 그의 말투와 대비되는 경쾌한 소리가
났다. 나는 그의 말투도 키보드 소리도 다 마음에 들었다.
심지어는 화장을 하지 않은 듯한 피부도 무척 좋아서, 그

에게 어떤 크림을 쓰는지 물어보고 싶을 정도였다.

그렇게 나는 어떤 식으로든 좋은 징조를 찾으려고 애썼다. 사진을 다시 확인하고 세부사항을 하나하나 서술하는 게 영 쉽지 않았기 때문이었다. 그나마 일이 일어났을 때 증거를 싹 확보하고 상황을 상세히 적어두어서 다행이었다. 어떤 기억은 벌써 흐려져 있었는데, 스트레스를 받은 나머지 증발해버린 것도 같았다. 무엇보다 겪은 일을 다시 떠올리는 동안, 내 안의 무언가가 눈덩이가 불어나듯 점점 거대해져갔다. 눈덩이라기엔, 너무 뜨겁고 또 활활 타오르고 있었지만…. 차고 있던 애플워치에서 심박 수가 올랐다고 알림이 떴다. 내 눈치를 보던 변호사는 조사 때 힘들어하는 사람들이 많다고 했다. 경위는 예의 그 어투로 물었다. "휴지 드릴까요?" 나는 눈물이 나지 않는다고 말하며 거절했다. "괜찮아요." 거듭 괜찮다 했음에도 둘 다 어쩐지 나를 걱정하는 것 같았으므로 답했다. "열 받아서 그런 겁니다. 족쳐야 되거든요."

조사 내내, 나는 의견을 내는 직업을 가진 사람으로서 그가 한 일들이 내 일을 실질적으로 위협하고 방해했음을 거듭 강조했다. 언젠가 피해자는 피의자가 입힌 피해를 꼭 강조해야 한다고, 법정에선 그런 게 유리하다고 들었던 게 기억나서였다. 그쯤이야 명명백백했으므로 어렵지 않았다. 하지만 조사 중 내가 성적 수치심을 느꼈는지, 내 어디가 훼손되었는지 물어오는 질문에는 머리가 복잡해졌다. 그런 건 곧 죽어도 강조하고 싶지 않았다. 내가 훼손되고 수치심을 느끼길 바란 건 다름 아닌 그 새끼 아닌가? 피해자는 가해자가 원하던 걸 꼭 말해줘야만 하는 건가? 만일 법정과 가해자가 내게서 같은 모습을 보길 원한다면, 그거야말로 좀 이상하지 않나?

그래서 나는 하고 싶은 말을 해도 되겠냐고 물었는데, 그 내용이란 이런 것이었다.

영혼을 믿는 나는 그가 망가뜨리려고 한 게 내 영혼이었다고 믿는다. 그가 내게 한 일은 아무리 숨을 꼭 참아도 한 인간에게 스며들고야 마는 유독하고 명백한 괴롭힘이라고 믿는다. 그런 괴롭힘이란 한 사람의 내부를, 사람이 사람에게 갖는 신뢰를, 그 신뢰가 지탱하는 사회를 손상시킨다고 믿는다. 무엇보다 나는 그런 괴롭힘이 그의 영혼 또한 해쳤다고 믿는다. 어쩌면 내 영혼보다도 더 크게.

그러므로 훼손과 수치를 느껴야 하는 건, 그 단어를 강요받아야 하는 건 내가 아닌 그여야 한다고 믿는다. 나는 괜찮지 않지만, 그가 바란 방식으로 괜찮지 않은 건 아니다. 나는 고개를 숙이지도 돌리지도 않고 똑바로 쏘아볼 힘이 내게 있다고 믿는다. 내 것인 미래가 있다고, 거기로 가기까지 버텨낼 힘이 내 안에 있다고 믿는다. 단지 그 누구라도 그걸 확인하기 위해 이런 일을 겪어야 할 필요는 없다고도.

법이 말해주어야 하는 건 이 모든 것이라고, 나는 믿는다….

–이렇게 말하면 불리할까요?

다행히 경위도 변호사도 괜찮을 거라고 고개를 끄덕거려주었다. 만일 불리하다고 하더라도 내 의견을 고수하고 싶어 물어본 것이었는데, 거부당할까 봐 각오했던 게 조금 머쓱해졌다. 경위가 정정한 답변을 확인해보니 내가 성적 수치심을 느낀다는 것보다는 그가 내게 성적 수치심을 유발하려고 했다는 것에 더 방점이 찍혀 있었다. 좀 아쉬웠지만 이 정도면 괜찮다고, 판사 앞에서도 이것을 강조하고 싶다고 말했다.

조사가 끝나고 헤어지며 변호사는 내가 의지도 강하고

담대해 보여 다행이라 했다. 일종의 응원 같았다. 변호사
는 몰랐겠지만 조사 전날 편집자와 술을 마시면서도 비
슷한 이야기를 나눴었다. 이 일을 알고 있던 편집자는 내
가 그런 일을 겪는데도 용감하게 대처하는 것 같다고 말
해주었다.

그런가.

서울경찰청은 경복궁 역 앞에 있었다. 광화문 교보문
고가 멀지 않은 거리에 있어서, 나온 김에 들러 충동적으
로 책을 한 아름 샀다. 책을 자주 사긴 하지만 그렇다 해
도 평소였다면 한 번에 쓰지 않을 금액이었다. 통장 잔고
가 문자로 날아왔고 문자를 보며 약간 후회했지만 환불
할 생각은 들지 않았다. 스트레스를 받으니 통제가 어려
웠다. 누군가 하지 말아야 할 일을 내게 했으니 나 역시
하지 말아야 할 일을 하게 되는 모양이라고, 나는 생각
했다. '참 가지가지로 피해를 입히는 게, 좆같네….' 하지
만 동시에, 스트레스를 받을 때조차 책으로 향하는 스스
로를 보며 나는 새삼 내 일이 나에게 정말 중요하다는 걸
되새겼다. 나는 읽고 쓰는 일을 놓지 않을 것이었다. 내
가 사랑하고 나를 사랑하는 사람들과 함께, 어떻게든 살
아갈 것이었다. 나를 망치려는 상대가 원하는 걸, 결코

호락호락하게 내어주지 않을 것이었다. 그것이 용감하고
담대한 거라면… 얼마든지 그러겠노라고, 나는 산 책들
을 단단히 그러쥐었다.

2부

*

당신에 관한 것

할머니의 에르메스

우리 집에는 에르메스 가방이 있다.

엄마 집 장롱에 있는 그 가방은 10여 년 전 엄마가 할머니를 위해 동대문에서 덜컥 구입한 것이다. 지금의 DDP가 생기기 전, 동대문에는 늦은 오후부터 새벽까지 수많은 가판들이 들어섰다가 다음 날 아침 사라지기를 반복했다. 사람들은 그걸 '새벽시장'이라고 불렀고, 나는 백화점은 낯설어했던 반면 새벽시장에는 꽤 익숙했다. 모두가 잠든 시간, 이따금 엄마는 청소년인 나를 데리고 새벽시장을 구경 가곤 했으니까. 창자까지 울리는 듯한 오토바이 소음과 호객행위를 하는 거친 상인들, 휘황찬란한 조명과 너무 크게 틀어둔 탓에 살갗을 때리던 노랫소리, 코가 매워올 정도로 매연과 밀려드는 인파. 믿을 수 없을 정도로 넘쳐나는 활기 속에서 나와 엄마는 서로를 잃을까 손을 꼭 잡거나 팔짱을 끼고 두리번거렸다. 조금 들뜬 채 번데기나 길거리 토스트, 감자가 붙은 핫도그를 사 먹었고 발바닥이 얼얼해져올 때쯤 다른 사람들처럼 양손 가득 검은 비닐봉지들을 든 채 귀가했다. 바스락거리는 검은 비닐봉지에는 당시 유행해 내가 갖고 싶어 하던 쥬시 스타일 트레이닝복도 있었고, 어린 동생이 신을 양말과 아빠의 팬티, 엄마와 할머니가 좋아할 만한 머리핀도 있었다.

없는 게 없는 새벽시장에서 단연 압도적인 건 명품이었다. 잡화부터 의류에 이르기까지 시장에는 수많은 가품이 있었고 그중 가방이 가장 많았다. 샤넬, 루이비통, 버버리, 구찌…. 정품 가격에는 한참 못 미치지만 그럼에도 높은 금액에 선뜻 지갑을 열지 못하는 여자들 사이로, 엄마와 나는 조용히 스며들어 가방을 구경했다. 그 위로 굴뚝마냥 우뚝 솟아올라선 상인은 고함치듯 외쳤다. "같은 공장에서 만든 로스, S급이야! 가죽도 기법도 똑같아! 가격만 달라!" 상인의 말에서 자부심이 느껴졌고, 그때 나는 짝에도 급이 있다는 걸, 거기서 중요한 건

진퉁이냐 짝퉁이냐가 아니라 'A급이냐 S급이냐'라는 것도 처음 알게 되었다. 그렇게 가까이서 명품을 훑어본 적은 처음이었고 그조차 진짜 명품은 아니었지만, 나는 속으로 그것이 정말 똑같다고, 과연 좋아 보인다고 생각했다. 다른 물건과 달리 번들거리는 벨벳 위에 놓여 강한 조명을 받고 있는 S급 가방들은 새벽시장에서 가장 우아한 물건이었다.

어느 날 엄마가 에르메스 가방을 내밀었을 때, 나는 번쩍이는 그 가방이 어디서 온 건지 단번에 알 수 있었다. 그 가방은 친구들 모임에 나가는 데 초라해 보이기 싫었던 할머니를 위한 것이었다. 그건 뭐야, 하고 묻는 내게 할머니는 이게 에르메스라며 아는 척을 했다. 둘은 아름다운 그 가방을 보며 역시 튼튼하다며 때깔이 다르다고 연신 감탄했다. 그 가방은 좋은 걸 최대한으로 베낀 가방이었고, 그렇기 때문에 좋은 가방이 지닌 장점들을 갖고 있었다. 진짜로 보일 정도로, 진짜로 아름다울 정도로. 가죽의 질도 좋고 바느질도 견고한 그 가방은 틀림없는 S급이었고 그것은 진짜와 다름없다, 는 뜻이었다. 늘 그랬듯 엄마는 가족에게 자신이 할 수 있는 것 중 가장 좋은 걸 해주고 싶어 했다. 기쁘다는 듯 미소 짓는 엄마와 할머니의 얼굴은 환하게 빛났다. 마치 에르메스 가방의 아름다움이 그들의 얼굴에 번져 붙기라도 한 것처럼. 더스트백에 가방을 다시 집어넣는 둘의 손가락이 가늘게 떨리는 걸 보면서, 나는 내 안에 샘솟는 좋은 것을 향한 탐욕을 느꼈다.

친구가 그렇게 물어본 건 아마 그 가방이 S급이기 때문이었을 것이다.

스물하나 즈음, 나는 아무도 쓰지 않고 신주단지마냥 모셔두는 그 가방을 몰래 꺼내들고 다녔다. 그 가방을 들 때면 가방이 가진 위엄이나 아름다움이 내게도 옮겨 붙는 기분이 들어서였다. 잘 사는 친구와 영화를 보던 날에도 들고 나갔는데, 영화관 앞에서 나를 본 친구는 눈이 휘둥그레져 가방을 가리켰다.

-너 이거 어디서 났어?

-우리 집에 있던 거야.

-진짜야? 이거 엄청 비싼 건데, 대박이다.

응, 뻐기듯 대꾸하면서도 나는 무언가 잘못되었음을 감지했다. 그 무렵 나는 내가 가진 가장 좋은 걸 내세우고 다녔다. 우습게 보이지 않으면, 상대와 비슷해 보였으면 해서였다. 그러나 가방을 살펴보며 머리를 갸웃거리던 친구의 반응은 아름다움에 대한 감탄보다는 도무지 믿을 수 없는 이야기, 허무맹랑한 이야기를 들은 자의 것에 가까웠고 그로 말미암아 나는 친구와 나 사이 어떤 정보의 격차가 있다는 걸 본능적으로 느꼈다. 친구는 우리 집이 부유하지 않은 걸 알았고, 에르메스가 얼마나 비싸고 좋은지도 알았다. 반면 할머니와 엄마와 나는 에르메스가 비싸고 좋다는 것까지만 알았다. 그러니까 우리 집 누구도 에르메스가 얼마나 비싸고 좋은지, 누구만 누릴 수 있는지 그 의미를 자세하게 몰랐다.

그날 무슨 영화를 보았는지 아무리 생각해도 기억나지 않는다. 나는 체한 것 같은 기분으로 영화를 보았고, 영화가 끝나자마자 핑계를 대고 빠르게 집으로 갔다. 에르메스를 장롱 깊숙이 처넣고 닫은 뒤 다시는 그 가방을 들지 않았다.

그래도 버리지는 않았다.

정확하게는 가방을 몰래 버리려다 실패하곤 했는데, 할머니가 이따금 그 가방을 찾았기 때문이다. 엄마와 아빠가 이혼하고, 할머니가 여수에 따로 살게 된 뒤에도,

할머니는 내게 에르메스 가방이 잘 있는지 물었다. "지은아, 가방 잘 있냐" 하며 이제는 남이 된 며느리가 자신의 물건을 버렸을까 봐 전전긍긍해했다. 그럴 때마다 나는 아직 그대로 있다고, 그 에르메스로 인해 내가 겪은 창피를 떠올리며 조금 못마땅한 얼굴로 대꾸했다. 그러나 할머니는 그런 내 표정에는 아랑곳하지 않았다. 그저 내 졸업식, 결혼식, 그 밖에도 내게 생길 언젠가의 행사에 들고 갈 근사한 가방이 있다는 것에 안심하면서, 그런 날이 오면 꼭 에르메스를 자기에게 가져다달라고 부탁했다.

재작년엔가, 엄마와 같이 길을 걷는데 명품을 잘 차려입은 또래 여자애가 지나갔다. 그 여자애를 찬찬히 훑어보던 엄마는 내게 대뜸 사과했다.

ㅡ그때 버버리를 못 사줘서 미안해.

엄마는 20년도 더 지난, 내가 중학생이던 시절의 일을 이야기하는 거였다. 내가 나온 학교의 급우들은 대부분이 부유해 좋은 브랜드의 옷을 입었고 부모의 명품가방을 등교가방으로 들고 다니곤 했다. 그중에서도 갓 입학한 내 눈을 사로잡은 건 급우 중 몇몇이 입고 다니던 버버리 떡볶이 코트였다. 비싸다고는 해도 이렇게나 많이

들 하고 다니는 걸 보면 그렇게 비싼가 싶어서, 나는 열네 살 생일날 무엇이 갖고 싶냐고 묻는 엄마에게 콕 집어 버버리를 말했다. 변명하자면 기대하지 않은 건 아니었지만 그렇다고 큰 기대를 했던 것도 아니었다. 당시 나는 그런 물건을 갖고 싶으면서도, 학교의 친구들과 내 환경이 퍽 다르다는 걸 눈치채고 있었다. 다만 엄마는 애가 오죽하면 그걸 갖고 싶다고 했겠냐며 그 말을 귀담아 들었다. 그러던 어느 날, 신문에 〈버버리 대세일〉이라고 크게 찍힌 걸 보고 큰맘 먹고 강남으로 향했다.

　-매대에 가서 가장 저렴해 보이는 치마를 집었는데, 세상에, 할인이 엄청 들어갔는데도 40 몇 만 원인 거야. 20년 전이니까 그게 얼마나 비싸니.

　엄마는 2시간 동안 매대 앞에 서 있었다고 했다. 식비를 포함해 줄일 수 있는 건 다 줄이면서 셈을 해봤지만, 머릿속으로 아무리 요리조리 계산해봐도 그걸 살 도리가 없어 결국 포기하고 오는 길에 엉엉 울었다고 했다. 그걸 말하면서 또 울컥하는 엄마에게 나는 코웃음을 쳤다. "애초에 무슨 중학생이 버버리야. 20년도 더 지났는데 뭘 그런 걸로 울어?" 내가 코웃음을 치는데도 엄마는 이미 눈물이 그렁그렁해서는, 쇼핑백을 잔뜩 든 잘 차려입은 여자들 사이 자신이 너무나 초라해 보여 기가 죽었노라고, 그날을 거듭 상기했다.

—하필 조명이 너무 환하더라.

이따금 엄마가 말하던 그날 백화점의 조도를 상상한다. 지금 와서 생각해보면, 엄마는 그런 걸 일찌감치 알고 있던 게 아닐까. 환한 빛 아래서 드러나는 것들과, 그로 인해 조금 죽어버리는 마음 같은 것을. 그러면서도 더 환한 곳으로 가라고, 내 삶은 조명을 받으라고 나를 좋은 학교에 보낸 게 아닐까. 늘 그랬듯 엄마는 가족에게 자신이 할 수 있는 것 중 가장 좋은 걸 해주고 싶어 했다. 좋은 학교에 다니는 나를 보며 미소 짓던 엄마와 할머니의 얼굴은 환하게 빛났다. 마치 에르메스 가방의 아름다움이 그들의 얼굴에 번져 붙기라도 한 것처럼. 마치 내가 받은 빛이 그들에게 번져 붙기라도 한 것처럼.

그런 것들이 오래도록 할머니와 엄마가 그 가방을 들지도 버리지도 못하게 만들었을지 모른다. 큰애를 기죽이지 않으려고, 큰애를 둘러싼 것에 기죽지 않으려고, 큰애와, 큰애의 밝은 세상과 어울리려고. 그 빛 아래서 너무 초라하지 않으려고.

사람들은 때로 맞는 말로 마음껏 미워할 권리를 획득한다. 누군가 지적재산권을 논하거나 짝퉁의 문제점을 말하면서 짝퉁을 소비한 사람을 미워할 때마다, 나는 그 몰래 우리 집 에르메스를 곱씹곤 한다. 엄마나 할머니가, 내가 가지려고 하던 건 무엇이었을까. 상승한 척하는 것과 실제로 상승하는 건 얼마나 다를까? 세련됨 바깥에서 그걸 들키는 일은 어떻게 삶을 가를까?

　그저 내가 아는 건 우리가 에르메스 가까이 갈 수 있는 방법은 오직 그런 식이었다는 것이다. 비록 진짜가 아닐지라도, 사람은 가끔 아름다움에 기대어 스스로를 안심시킨다. 그것이 현실에 옮겨 붙으리라고 믿으면서. 한때 나는 내가 가족에게 진짜 에르메스를 사줄 수 있는 사람이 되기를 바랐다. 지금 나는 그런 나의 바람이 반지하의 장롱 깊숙한 곳 먼지가 쌓인 채 놓여 있는 짝퉁 에르메스처럼 허무맹랑하다고 생각한다. 더 잘 아는 사람, 진짜를 든 사람 앞에서 나의 없음을 들통 나게 하고 낯을 화끈거리게 만들지 모르는 가방, 도무지 제 값을 치르고 살 수 없는 가방. 그러나 그럼에도 제 값을 치를 수 없는 사람 역시 누릴 수 있는 가방. 현실을 바꾸지는 못하지만, 누군가의 삶을 변명해줄 딱 그 정도의 가방.

이제 나는 누가 에르메스를 가질 수 있는지 안다. 내게도 엄마에게도 할머니에게도 진짜 에르메스 같은 미래란 영영 오지 않을 것임을 안다. 그러나 또한, 미래는 영원히 미래일 뿐임을 안다. 오지 않는 미래를 대비하며 현재의 사람은 버틴다는 것과, 미래의 역할은 거기에 있을 따름이라는 것도.

그때의 새벽시장은 없어졌다. 있다고 하더라도 내가 거기서 무언가를 사는 일은 드물 것이며 짝퉁은 더더욱 그럴 것이다. 이제 나는 백화점을 서슴없이 다닌다. 그러나 백화점에서 내가 무언가를 사는 일은 드물며 명품을 사는 일은 더더욱 그럴 것이다. 딱히 여윳돈이 있는 게 아니기도 하지만… 가끔은 신기하다. '이렇게까지 갖고 싶은 게 없다고?' 지금의 나는 쉽게 외경심을 갖지도, 쉽게 주눅 들지도 않는다. 그건 어디까지나 에르메스 덕. 우리 집엔 무려 에르메스가 있다. 그 가방은 내게 누군가의 지금이 가질 수 있는 최대치에 대해 생각하게 하고, 나는 그것이 용인되기를 바란다.

젖소와 여자들

아침밥을 혼자 챙겨먹고 나가려는데, 엄마가 홈쇼핑에서 한우를 샀다며 구워먹으라고 했다. 나이 들면 단백질을 더 신경 써서 챙겨 먹어야 한다고. 구워서 나 먹는 김에 엄마 입에도 넣어줬다. 평생 고기를 잘 안 먹고 입도 짧았던 엄마는 몇 년 전부터 식성이 변해 내가 주는 고기를 넙죽넙죽 받아먹었다. 그게 안심이 되었다. 밤늦게까지 식당을 꾸리며 일하는 엄마에겐 그런 게 필요했다. 받아먹다 기력이 났는지 엄마는 이런저런 말을 떠들었다. 이것도 홈쇼핑에서 샀다, 홈쇼핑에서는 속는 셈치고 계속 사게 되는데 이번 건 나쁘지 않은 거 같다, 홈쇼핑에서 사기를 치기도 한다, 지난번에 샀던 건 유우인가 육우인가를 한우로 표기해 팔았다며 곧바로 통장에 환불해주더라….

이런저런 얘기를 나누던 중 어쩌다 보니 유우가 싸다는 얘기를 하다가 젖소 얘기가 나왔다. 유우는 쌀 수밖에 없다고, 젖소가 계속 임신된 상태로 시달리다가 마지막에 쓸모를 잃었을 때 도축당하는 거라서 그렇다는 내 말에 엄마도 동생도 놀랐다. 젖소라는 게 태어날 때부터 젖소로 태어나는 존재, 그냥 젖이 나오는 종 같은 건줄 알았다는 거였다. 생각해보니 나도 몇 년 전 엄격하게 비건식을 지향하던 시기에야 알게 된 사실이었다. 보통은 그런 것에 대해 아예 생각해본 적도 없겠다. 그래서 모르겠다 싶었다.

엄마, 임신을 해야 젖이 나오잖아. 소도 똑같아. 우유를 짜려고 젖소를 거의 평생 임신 상태로 만들어둬. 사서 마시는 우유는 대부분은 그렇게 나온 거야.

그 말을 했더니 엄마가 얼굴을 찌푸렸다. 괜히 밥 먹는데 밥맛 떨어지는 소리를 했나 싶던 중에 엄마는 말했다.

소들이 너무 안됐다. 애가 이뻐도 임신이 얼마나 힘든데 애도 못 볼 거 아냐. 미안해라….

엄마는 어쩌면 외할머니 생각을 하고 있는지도 몰랐다.

엄마는 7남매 중 여섯째로, 엄마의 엄마이자 내 외할머니는 제발 임신을 그만하고 싶어 엄마를 낳은 뒤 생긴 애를 떼려고 간장 한 사발을 마시고 언덕에서 굴렀다고 했다. 그 얘기를 들은 뒤 나는 누군가 간절함에 대해 말할 때마다 간장 한 사발을 마시고 언덕에서 구르는 여자를 상상했다. 피임기구조차 없었고, 있다고 하더라도 집안의 남자 어른들 중 누구도 피임이나 육아에, 그로 인한 여성의 삶에 관심이 없었던 시절이었다. 대한민국에 처음 산부인과가 생긴 건 엄마가 태어났을 무렵이었다. 엄마가 청소년기였던가 막 성인이 되었나 했을 무렵, 나라에서는 보건소에 온 여성들에게 피임과 낙태 시술을 권유하기도 했다. 그때는 애를 떼는 걸 나라에서 대놓고 말은 안 해도 권장하던 때여서, 엄마는 외할머니 생각을 했다고 했다. 결혼 후 계속 임신과 출산을 반복하다, 투병으로 엄마가 청소년기일 때 일찍 돌아가신 외할머니를.

나는 나라가 여자의 임신에 개입한 히스토리를 읽을 때마다 엄마를 생각했다. 엄마의 엄마에게도 임신하지 않을 권리가 주어졌다면, 내 엄마는 조금 더 자신의 엄마를 오래봤을지도 몰랐다. 청소년기 엄마의 품에서 어리광을 부리는 시절을 내 엄마는 가져봤을지 모르겠다.

그래서 나는 엄마가 젖소 이야기에 꽤 오래 마음 아파하는 걸 보며 엄마가 자신이 가진 경험을 떠올리는 건 아닌가 생각했다. 한편으로는 어제 읽은 정혜신 선생님의 책이 떠올랐다. 그는 세월호와 그 주변에서 죄책감을 느끼는 이들을 언급하며, 죽음에 책임이 있는 사람들이 죄의식을 갖는 게 아니라 희생자들을 사랑하는 사람들이 죄의식을 나눠가진다고 했다. 그 죽음에 뭐라도 했어야 한다는 책임감을 느끼는 사람들은, 그 죽음에 정말로 책임이 있어서가 아니라 사랑하기 때문에 죄책감을 느끼는 거라고 했다. 그런 죄책감이야말로 타인의 고통에 심리적 유대감을 갖는 사람이라는 증거라는 거였다.

나는 먹은 그릇을 설거지하며 읽은 책의 내용과 엄마의 얼굴을 곱씹었다. 엄마는 앞으로도 가족을 챙기기 위해 여전히 장을 보고 소고기를 살 것이었다. 그러나 동시에, 아마도 엄마는 한동안 우유와 유우를 보며, 소를 보며 그런 걸 생각할 것이었다. 이따금 그걸 사고 마는 자신에게 마음 아파하면서. 내 엄마는 참으로 많은 걸 사랑하는 사람이구나. 자신과 직접적으로 연결되어 있지 않아도, 보이지 않아도 엄마는 쉽게 마음 아파한다. 그게 어쩔 때는 지나치게 유약해 보여 마음에 들지 않았다. 마음 아파한다고 자기가 사는 삶을 쉽게 바꾸는 것도 아닌데. 마음만 아파해서 뭐하자는 건가. 그러나 나는 자라는 내내, 가족의 얼굴에서 세상을 사랑한다는 증거를 본 셈이기도 했다. 그런 게 나를 관통한다. 엄마의 엄마가 엄마를 관통하듯이.

후회와 살기

"펫샵에서 데려온 개들이 꼬리가 저래."

그렇게 말한 누군가가 호두를 안은 자신을 경멸하듯 쳐다봤다며, 귀가한 동생의 얼굴에 죄책감이 잔뜩 묻어 있었다. 그전까지 누가 어린 개의 꼬리를 잘랐을 거라고 는 상상하지 못했던 우리는 번갈아가며 호두의 꼬리를 만져보았다. 잘렸네, 잘린 거였네.

가끔 호두의 꼬리가 왜 이리 뭉뚝한가 싶었지만 대수 롭지 않게 넘겨왔다. 꼬리가 짧다고 해서 개를 사랑하 는 데는 전혀 문제가 없었으니까. 실은 걱정하기 바빠서 꼬리 같은 건 생각할 겨를이 없기도 했다. 처음 호두가 집에 온 날 엄마는 어떻게 개를 기르냐고 걱정했다. 집주인 아저씨의 의견을, 당장 개에게 들어갈 돈을, 개가 날릴 털과 개가 쌀 오줌을 걱정했다. 나도 걱정했다. '산 생명을 이렇게 대책 없이 들여도 괜찮나?' 사람들은 펫샵에서 개를 데려온 유명인에게 날선 말들을 남겼다. 대체로 맞는 말들이었지만, 나는 그 말이 맞아서라기보다는 유명인처럼 말로 두드려 맞을까 봐 개를 사면 안 되는 당위를 외워두었다. 기껏 그래왔는데 우리 집에 온 개가 펫샵에서 온 개라니…. 나는 나름대로 보호해온 내 삶에 개가 끼칠지 모르는 악영향을 걱정했다.

무엇보다 나는 개를 데려온 동생의 충동을 걱정했다. 호두를 데려온 펫샵은 한강 어귀, 동생이 울면서 지나치던 길목에 있었다. 동생은 죽음을 자주 생각했는데 정확하게는 사는 걸 도통 어떻게 해야 할지 몰랐다. 개를 만나기 전날 동생은 충동적으로 한강에 갔다. 당시 동생의 남자친구는 경찰을 불러 한강 다리에서 울고 있는 동생을 찾아냈고, 동생을 설득해 간 길을 함께 되돌아왔다. 뭘 할지 몰랐지만 뭐라도 해야 한다고 느꼈으므로, 동생과 그 길목에 있던 펫샵을 구경했다. 케이지에 있던 작은 갈색 개 한 마리가 지나가는 동생을 보고 마치 반가운 이를 알아보듯 방방 뛰어대서였다. 펫샵 사장은 동생과 그 개가 닮았다며 놀라워했다. 직전까지 죽고 싶어서 울었던 주제에, 동생은 개를 보며 자기도 모르게 웃었다. 그걸 본 동생의 남자친구는 다음 날 무턱대고 그 개를 사서 동생 품에 안겼다.

어떻게든 살아 있기를 바랐던 것이다.

그 마음에 대해서는 나도 좀 알았다. 그즈음 모르는 전화를 달에 두어 번씩 받았다. 119나 병원에서 오는 전화였는데 주로 할머니나 동생이 응급실 혹은 중환자실에 있다는 내용이었다. 전화를 끊고 병원으로 달려가다 보면 이상하게도 지금은 사라진 동네 주꾸미 집이 떠오르곤 했다. 주꾸미 집 뒤편에는 작은 마당이 나 있었는데, 언젠가 나는 손님이 없는 날 그 집 주인이 마당 바닥에 냉동 주꾸미를 내리치고는 박박 빨아 제끼는 걸 엿본 적이 있었다. 불규칙하게 울려퍼지던 탁탁 소리, 소쿠리에 쌓여가던 주꾸미 무더기. 그처럼 모르는 번호로 전화가 올 때마다 가슴이 탁탁 뛰었고 나는 남의 마당을 몰래 엿보듯 내 심장이 주꾸미처럼 너덜너덜해지는 걸 지켜보았다.

아무튼 나는 동생이 계속 살아 있기를 바라서 걱정했다. 사실 동생에 대한 걱정만큼이나 영영 주꾸미 심장으로 살아야 할지 모르는 나 자신을 걱정했다. 걱정한 나머지 수화기 너머로 개가 집에 오게 된 전후 사정을 듣고 머리끝까지 화가 났다. 너무 화가 나니까 개든 펫샵이든 다 상관없고 그냥 동생을 확 죽여버리고 싶었다. '기어이 또 죽을 생각을 해? 자살한 사람의 가족이 되고 싶은 사람이 누가 있다고? 미친년이 진짜 보자보자 하니까…'. 그래서 분당에서 강동구까지 단숨에 달려가 현관문을 열고 소리를 질렀다. "너 제정신이야?"

제정신이 아니어서 죽을 생각까지 했던 애한테 제정신을 물은 것이나, 죽으려 했다고 죽여버리겠다며 달려간 것이나 뭔 소용인가 싶지만….

잔뜩 쫄아 있던 동생은 어색하게 웃더니 개를 좀 보겠느냐고 물었다. 말 돌리지 말라고 욕을 뱉기도 전에 웬 털 뭉치가 대뜸 내게 달려들더니 발라당 누워 분홍색 배를 보였다. 나랑 처음 보는 주제에 개는 짧은 꼬리를 흔들어댔고 내가 화가 났건 말건 내 다리에 자신의 따뜻하고 부드러운 몸을 갖다 댔다. 잔뜩 살아 있는 개 때문에 어처구니없게 누그러지는 마음을 숨기려 애쓰며 나는 최대한 무섭게 말했다.

—이미 일어난 일은 못 되돌리니까. 우선은 이름부터 짓자.

그 개는 호두라는 이름을 갖게 되었다.

호두와 사는 건 엄마와 내가 걱정한 대로였다. 날카로운 이와 튼튼한 고집을 지니고선 온 가족의 하루를 자신 쪽으로 엎지르고야마는 뜨끈한 털 뭉치. 씻기고 먹이고 빗기고 산책하고 놀아주고 가르치고 혼내고. 해야 할 일 만큼이나 들어갈 돈도 조심해야 할 것도 어찌나 많은지, 그 덕에 어찌나 체계적으로 불편해졌는지, 그 불편이 사라질 먼 미래가 얼마나 불행할 것 같은지. 온갖 불평을 늘어놓는 동생과 엄마의 얼굴에 웃음이 떠나질 않았다. 나는 개를 만지며 그들을, 특히 동생을 힐끔거렸다. 이토록 하찮고 손이 많이 가는 생명체에게 딱히 뭘 기대하는 건 아니었다. 하지만 이 개에게는 사람을 머쓱하게 하는 힘이 있다고, 나는 생각했다. 동생을 죽여버리려던 내 마음을 머쓱하게 만든 것도 개였으니까. 어쩌면 죽고 싶었던 동생의 마음도 좀 머쓱해지지 않았을까. 저렇게 웃는데….

그런 걸 생각하며 나는 호두에게 속삭였다.

–이거 봐, 아무도 너를 만나기 전으로 돌아가려 하지 않네.

개가 온 뒤로 나는 온갖 데서 열심이었다. 열심히 개를 산책시키고 병원에 데려가고 개에게 좋은 걸 먹였다. 그럴 돈을 벌려고 열심히 글도 쓰고 수업도 나가고 당근마켓도 했다. 걱정도 열심히 했다. 외로우면 어떡하지, 내가 뭘 제대로 못해서 죽어버리면 어떡하지…. 그 걱정은 호두에 대한 것이었지만 꼭 호두에 대한 것만은 아니었다. 어떤 일이 생기면 결코 그 이전으로 돌아갈 수 없다는 사실. 나는 혹시나 영영… 못 되돌릴 일이 일어날까 봐 최선을 다해 열심이었고 그러느라 좀처럼 꼬리 같은 건 생각할 겨를이 없었다.

얼마나 열심이었는지, 하루는 지인들과 저녁을 먹던 중 아는 의사가 물었다. "어떻게 그걸 다 알아요?" 그때 우리는 양극성장애와 공황 장애, 강박 장애 등에 대해 이야기하고 있었다. 의사는 내가 정신질환 관련 지식을 제법 잘 안다는 데 놀랐고 나는 어깨를 으쓱했다. 글쎄요…. 몇 년간 동생과 함께 괜찮은 병원을 찾아 헤매서? 동생을 검사시키고 상담을 보내고 약을 먹게 독려해서? 동생이 양극성 장애 1형을 진단받은 후로, 내가 정신질환 당사자가 쓴 글과 그 가족이 쓴 글과 정신과 의사가 쓴 글을 닥치는 대로 읽어와서?

어쨌거나 그날 나는 필요 이상으로 떠들었다. 궁금했던 걸 전문가에게 물어볼 수 있어서이기도 했지만 그보다는 잠시나마 말이 통하는 사람을 만났다는 기쁨 때문이었다. 만나는 이 대부분은 정신질환에 관해 잘 몰랐다. 그런 걸 잘 알기 위해 나만큼 열심일 필요가 없기도 했고 말이다. 문제는 그럼에도 안다고 우기는 이가 꽤 많다는 거였는데, 고백하자면 나는 그들이 지긋지긋했다. 동생은 나보다 더 지긋지긋했는지 몇 년간 사람들을 만나지 않고 집에만 꼭꼭 숨어 있었다.

단순하게 말하면 동생은 감정 처리, 충동 제어나 주의력 전반을 담당하는 뇌의 회백질 영역에 문제가 있었다. 동생의 질환은 도움 없이는 해결하기 어렵고, 오랜 관리가 필요하며, 의지와는 상관없이 일어난다는 점에서 굳이 비유하자면 당뇨나 신장 질환 같은 만성 질환과 비슷했다. 누구라도 신장 투석을 하는 사람에게 마음먹기에 달렸으니 혼자 이겨내라고, 네가 네 의지 때문에 그렇게된 거라고 말하지는 않을 거였다.

하지만 안다고 우기는 사람들은 곧잘 말했다. "그거, 마음의 감기 같은 거잖아?" 그건 대충 이런 뜻이었다. '나도 모르지 않는다, 감기 안 겪어본 사람이 어디 있냐,

그 정도는 다 견딜 수 있다, 약 같은 거에 의존하지 마라, 정신 똑바로 차리고 스스로 이겨내려 하면 금방 낫는다…. 계속 나아지지 않는 걸 보니 일부러 그러는 거다, 의지가 없는 거다, 가만 보니 너 질이 나쁘다, 게으르고 나약하고 글러먹었고 악의적이다, 나 다 안다….'

　그런 일은 내 옆집 아저씨만큼이나 평범하다. 옆집 아저씨는 시간을 쪼개 매일 호두를 산책시키고 호두에게 좋은 사료를 알아보는 엄마가 유별나다고 단정 짓는다. 그는 자기 개는 열흘에 한 번만 산책을 시켜도 멀쩡하며 먹다 남은 치킨을 줘도 잘만 살아간다고 으스댄다. 개에 대해선 자기도 잘 안다나…. 그런 식이다 보니 엄마는 자기 개 외에도 다른 얘기, 이를테면 자기 둘째 딸의 질환 같은 건 굳이 아저씨에게 말하지 않는다. 말해봐야 좋을 게 없다는 걸 아는 것이다. 언젠가 옆집 아저씨는 내 SNS를 보고는, 내가 남자들을 꼬시고 관심을 구걸하려고 SNS에 불쌍한 척 글을 쓴다고 말한 적도 있다. 나 같은 여자애를 잘 안다나. 잘 알면서 왜 그랬을까. 내가 아저씨라면 나 같이 그런 말을 두고두고 잊지 않고 글로 써버리는 여자애에게는 더 조심했을 텐데…. 어이없어하는 내게 엄마는 옆집 아저씨가 그냥 뭘 모르는 평범한 아저씨일 뿐이라고 했고, 나는 내 빡침과는 상관없이 그 말, 아저씨가 평범하다는 말 만큼은 진실이라고 생각했다. 평범하다는 게 늘 어디에서나 겪을 수 있다는 뜻이라면 말이다.

그래도 옆집 아저씨는 상냥할 때도 있어서 엄마는 옆집 아저씨와 그럭저럭 나쁘지 않게 지낸다. 나도 나를 열받게 한 모습이 옆집 아저씨의 전부라고 재단하지는 않는다. 아저씨에게도 나로선 모르는 구석이 있을 것이다. 내게도 아저씨로서는 절대 알지 못하는 구석이 있듯이.

하지만 이렇게는 말할 수 있지 않을까?

－아저씨, 생각이 짧다고 개의 수명까지 짧게 만들 이유는 없습니다. 아저씨가 켕긴다고 내 엄마의 성실함을 굳이 깎아내릴 필요도 없지요. 나조차 잘 모르는 내 글쓰기의 이유를 아저씨가 잘 알고 있을 리 없듯 말입니다. 실은 나는, 좀처럼 모르겠어서 글을 씁니다. 가진 게 없거나 있다고, 젊거나 늙었다고, 약거나 약지 않다고, 저런 여자애를 잘 안다고…. 나를 단정 짓던 누군가의 말들이 정말로 내 전부일까 봐 두려웠던 날들을 기억해내려고요. 그 말들이 한 사람을 어떤 식으로 잘라냈는지 곱씹어

보려고요. 아직 무언가가 되지 못한 여자들에게 자꾸만 반복되는 그런 일들을, 막아낼 방법을 어떻게든 찾아내 보려고요.

아직까지 찾아낸 건 하나, 사람은 입체적일 때 살아갈 수 있다는 것 정도뿐입니다. 그리하여 내 동생은 죽으려 한 거겠지요. 누구도 자신이 모르는 것 하나 남겨두려 하지 않아서요. 빠짐없이 다 안다고, 자꾸만 재단하려 드는 평범한 사람들로 세상이 가득해서요. 그 세상이 하도 자신을 잘라낸 나머지, 동생은 그만 자신을 세상에서 잘라내려 한 거겠지요.

아저씨, 그런 게 내 동생이 겪는 질환의 핵심이랍니다.

∗

호두는 푹신한 흙 혹은 이끼 위에 똥 싸는 걸 좋아한다. 제 밥에는 쉽게 싫증내는 주제에 사람 옆에 붙어 있는 건 도무지 싫증내지 않는다. 아직 건강하지만, 타고나길 심장이 조금 크고 다리도 약해 언제 아파도 이상하지 않다. 호두는 펫샵에서 온 품종견이니까. 품종견이라는 단어는, 같은 품종 간의 거듭되는 교배로 개에게 생겨나는 유전병을 포함한다. 그 단어는 열악하고 좁은 철창에 갇혀 평생 새끼를 배고 또 낳았을 호두의 엄마를 포함한다. 그 단어는 종종 엄마에게서 일찌감치 떼어낸 새끼의 멀쩡한 꼬리를 리본처럼 싹뚝 자르는 일을 포함한다. 즉 그 단어는, 살아 있는 존재를 사물처럼 여기는 사람들, 개조차도 자신이 원하는 모양이어야 마땅하다고 생각하는 사람들을 포함한다. 그 단어는 그렇게 그 사람들이 만든 악순환, 품종견을 사고 파는 세상을 포함한다.

말하자면 내 동생에게도 호두의 꼬리 같은 게 있고.

사람들은 자기 마음에 맞춰 별의별 것들을 자른다. 누군가는 그런 게 자기랑 무슨 상관이냐고 잘라 말할 것이다. 자신은 개가 꼬리를 잘리는 일과는 무관하다고, 자신은 내 동생같이 될 리 없다고 안심하면서 말이다. 하지만 악순환은 언제나 그 악순환을 만든 것과 같이 간다. 호두의 뭉툭한 꼬리는 호두의 꼬리를 자르는 세상을 포함하듯, 내 동생은 내 동생을 그렇게 만든 세상을 포함한다. 그리고 그 세상은 우리 모두를 포함한다.

이미 일어난 일을 다시 되돌리는 상상이 후회라면, 내

안에는 오로지 그 상상으로 빚은 커다란 유리창이 있다. 그 창으로 세상을 보다 보면 위장이 잘리기라도 한 듯 속이 쓰리다. 리셋 버튼을 눌러 과거로 돌아갈 수만 있다면 얼마나 좋을까? 그럼 호두가 어느 공장에서 태어나는지 알아내서 누가 호두의 꼬리를 자르기도 전에 호두를 구해낼 것이다. 호두의 형제자매와 호두의 엄마를, 더 나아가 거기 있는 모든 개를 구해낼 것이다.

아니, 그보다 먼저, 내 동생을 혼자 두지 않을 것이다. 동생의 옆에 꼭 붙어서 귀에서 피가 날 때까지 똑똑히 말해줘야지. 호두의 꼬리가 호두의 전부가 아니듯이, 누가 네 어딘가를 잘랐다는 사실이 네 전부가 될 수는 없다고. 너는 그보다 훨씬 훨씬 입체적이라고. 그래서 동생이 한강에 죽으러 가는 일 따위, 그렇게 내 심장을 주꾸미로 만들어버리는 일 따위는 애초에 뿌리를 뽑아버릴 것이다.

아니지, 그보다도 훨씬 더 먼저, 개고 내 동생이고 함부로 재단하는 사람들을 다 가만 안둘 것이다. 살아 있는 것 좀 제발 자르지 말라고, 모든 게 제 손안에 있다는 듯 굴지 말라고, 그들의 뇌가 얼얼해질 때까지 소리를 질러 댈 것이다. 보이는 족족 머리끄댕이를 붙잡아 흔들고 엉

덩이를 걷어차고 주먹다짐이라도 해버릴 것이다….

어떤 사람들은 지나간 일에 그만 아파하라고 한다. 돌이킬 수 없으니 그래봐야 소용없다는 것이다. 하지만 온라인에는 암에 걸려 머리를 박박 민 환우와, 꼭 그 환우처럼 자기 머리를 박박 미는 누군가의 영상이 돌아다닌다. 함께 민머리가 된 사람 앞에서 환우는 환하게 울음을 터뜨린다. 똑같이 머리를 민다고 병이 있기 전으로 되돌아갈 수는 없겠지만….

그처럼 이미 잘려진 것 앞에서 그와 비슷한 모양으로 마음을 잘라보는 것 또한 후회라면, 나는 후회한다. 후회는 바뀌니까, 살아 있는 것들을 홀로 내버려두는 환경을. 후회는 발견한다. 어디가 잘려나간다 해도 사랑을 주고받는 데 전혀 문제가 없다는 사실을. 후회는 포함한다. 지금보다 더 나은 무언가를 위한 마음을. 후회는 그토록 많은 걸 한다. 요즘 나는 후회하는 일보다 후회가 하는 일을 더 많이 생각한다. 데려온 개에게 이름을 붙일 수 있듯이, 개에게도 동생에게도 내가 열심일 수 있듯이. 되돌릴 수 없다고 아무것도 할 수 없는 건 아니다.

유튜브나 책이나 TV에서는 성공한 사람들이 줄줄이

나온다. 반짝이는 그들은 참 심플하다. 후회란 최선을 다하지 않은 증거인 양, 후회 없게 열심히 하라고 한다. 쓸데없고 끈적끈적한 걱정일랑 말고 현재를 살라고, 의존할 생각일랑 말고 독립적이 되라고 한다. 듣다 보면 그들이 쭉 심플해서 성공한 건지, 아니면 성공하고 나면 삶의 복잡함을 모조리 잊어버리는 식으로 머릿속이 확 심플해져버리는 건지 조금 궁금해진다. 어떻게 한 인간이 과거를 곱씹지 않고 제대로 살지?

아무튼 그들은 오늘날 괜찮은 인간의 기준이자 모범이고, 덕분에 동생은 거기 미치지 못하는 스스로를 미워한다. 그나마 병식°이 조금 생긴 뒤로, 동생은 죽고 싶을 때마다 내게 말해준다. 자기만 아직 무엇도 되지 못했다고. 누구에게도 걱정을 끼치지 않는 독립적인 사람이 되고 싶고, 모두가 그건 마음먹기에 달렸다고 하는데, 어쩐지 아무리 마음을 먹고 애써도 고립만 되는 거 같다고. 이제는 사람들 말처럼 스스로가 정말 의지가 없는 건 아닐까 걱정되고, 지나온 날들이 후회되는데, 급기야 그런 후회

○   자신의 병에 대한 자각과 통찰. 자신의 병에 대한 인식과 받아들임.

마저 자신이 최선을 다하지 않았다는 증명처럼 여겨진다
고. 뭘 해도 그럴 바엔 차라리 삶을 관두고 싶다고….

듣다 보면 동생의 '죽고 싶음'에는 더 잘 해내고 싶음,
돌아가기 싫음, 더 나아가고 싶음 등이 있어서, 나는 그
렇게 잘려나가고도 동생이 퍽 입체적이라는 데 내심 감
동하는 동시에 어이없어 한다. '참나, 후회를 그만치 싫
어하는 주제에 나한테는 왜 저러지. 네가 죽으면 너야말
로 나의 가장 커다란 후회가 될 텐데….' 하지만 나는 동
생에게 윽박질러온 과거를 조금 뉘우치고 있으므로, 다
시 죽으려 하면 진짜 내 손으로 죽여버릴 거라는 말을 꾹
꾹 참고 묻는다.

─야, 호두는? 너 나중에 호두한테 걱정도 후회도 안 할
수 있어?

걱정하지도, 걱정을 끼치지도 않는 사랑. 한 치의 후회
조차 없는 사랑. 그런 게 도대체 어디 있느냐고, 나중에
호두가 죽으면 호두는 어떻게 해도 우리의 가장 커다란
후회가 될 거라고, 나는 동생이 주눅 들지 않을 만큼만
타박한다. 그 타박은 호두에 대한 것이었지만 꼭 호두에
대한 것만은 아니란 걸 아는지 모르는지…. 언니와의 말
싸움에서 이길 도리는 없다는 걸 아는 동생은 힘없이 대

구한다.

-언니, 나도 후회 없이 살아보고 싶어.

하지만 사는 일엔 후회가 있다. 호두와 함께 살게 되면서, 내 가족은 개의 꼬리를 자르는 이 세상을 후회하게 되었으니까. 그 개를 데려온 동생과 쭉 같이 살기 위해, 어느 때보다 온갖 데 열심인 나의 지금은 후회에서 온 것이니까. 동생의 후회란, 실은 동생이 더 입체적인 삶을 꿈꾼다는 증거이니까. 그 꿈이란 꾸는 것, 꿔오는 것, 빌려오는 것이라서. 나는 동생에게 빌려줄 수 있는 최대한을 주려고 열심히 노력한다.

다만 고작 품만 빌려가고도 울음을 터뜨리는 동생을 어색하게 끌어안고 등을 두드리다 보면 좀 궁금해진다. '얘는 죽고 싶어서 우는 걸까, 살고 싶어져서 우는 걸까…?'

그럼 거기 답하듯 호두라는 이름의 후회가 뭉뚝한 꼬리를 흔들며 자신의 부드러운 몸을 갖다 댄다.

뜨끈뜨끈, 다 잔뜩 살아 있다.

눈 내리는 계절에

사람이 처음 눈을 만든 곳이 어딘지 아느냐고 묻자, 영훈은 고개를 저었다. 나는 말했다. "여기야. 최초의 인공 눈이 피어난 곳이."

그때 우리는 홋카이도 대학의 교정을 걷고 있었다. 인공 눈을 만든 건 물리학자 나카야 우키치로로, 여행 가기 몇 달 전 나는 우연히 그가 써온 수필을 읽었던 터였다. 나카야 우키치로가 30대의 젊은 나이로 홋카이도 대학에 부임했던 1930년대만 해도, 눈이 어떻게 태어나는지, 그 결정의 종류가 얼마나 무수히 많은지 세상의 누구도 제대로 알지 못했다. 그는 그것을 구현해내기 위해 매일같이 현미경을 들여다보았고, 저온실을 연구실 삼아 드나

드느라 남은 평생 급격한 기온 차에 시달렸다. "있잖아, 무더위가 오는 한여름이면 나카야 우키치로의 친구들은 눈을 보기 위해 저온실을 드나드는 그를 부러워했대. 그 사람 몸이 나빠지는지도 모르고 말이야…."

그런 걸 떠들며 홋카이도 대학이 자랑하는 은행나무 길에 들어서자, 갑자기 날씨가 개면서 강한 볕이 들었다. 구석구석 희게 빛나는 통에 오래된 연인과 나는 눈을 뜨지 못하고 걸었다. 몇 분 뒤에는 다시 미친 듯이 눈이 내렸는데, 우산이 소용없을 지경이라 마찬가지로 눈을 제대로 뜨지 못하고 걸었다. 그렇다 해도 눈을 볼 수 있었다. 가늘게 뜬 눈꺼풀 틈새로 흰 빛이 쏟아져왔다. 온 사방이 눈, 눈, 눈… 오래전 나카야 우키치로는 바로 그곳에서 내내 그 눈을 바라보았을 터였다. 자신을 아프게 하는 기온 차를 견뎌가면서.

그처럼 나 역시 내내 눈을 바라보려고 홋카이도에 간 것이었다. 빛나고 휘몰아치고 나를 압도하는 흰 것. 그 같은 자연을 사랑하지 않을 수 있을까. 그런 게 내가 몇 달간 돈을 모아 오래된 연인과 처음으로 비행기를 타게 했다. 내복을 세 장씩 껴입게 하고, 손발을 얼게 하고, 눈을 제대로 뜨지도 못한 채 거리를 헤매게 했다. 인간은

저 흰 눈과 같은 것에 영영 미치지 못하리라는 예감으로, 내가 책상 앞에서 뭐라도 해보려 애써온 나날들을 시시해지게 했다.

하지만 이토록 아름다운 무언가에 바쳐지는 누군가의 평생….

내가 또한 사랑하는 건 인공, 인간이 공을 들이는 것.

그런 게 나를 견디게 한다.

아직 아무도 밟지 않은 눈 위에 흔적을 남기면 빈문서를 쉽게 채웠을 때처럼 기분이 좋아진다. 한번은 장을 보러갔다가 돌아오는 길에 예기치 않은 폭설이 내렸다. 순식간에 온 세상이 설탕을 엎지른 것 같아졌고 그 위로 나와 영훈은 신나서 발자국을 찍어댔다. 두껍게 쌓인 눈을 밟는 걸음걸음마다 먼 곳에서 들려오는 폭죽소리와 비슷한 소리가 났다. "뭉치기 좋은 눈이네." 영훈이 말하기 무섭게 모퉁이를 돌자마자 거리로 나와 눈사람을 만드는 이들이 나타났다. 어린 아이부터 내 또래까지 다양한 사람들이 쪼그려 앉아 눈을 뭉쳤다. 보고 있자니 어쩐지 그들의 눈사람이 부서져 있을 미래부터 떠올랐다. 매 겨울 부서진 눈사람을 봐온 탓이었다. 어디서 봤더라, 원래 사람의 마음이라는 게 남이 쌓은 돌탑만 봐도 혹 무너질까 자기 돌을 조심스럽게 올리기 마련이라던데.

남이 공들인 것을 부수는 사람들은 도대체 왜 그 모양일까?

나는 영훈에게 불만을 떠들다가 문득 무언가를 깨닫고 조금 감명받았다. 겨울마다 부서진 눈사람은 어디에나 있었다. 누구라도 볼 수 있을 정도로 많은 눈사람이 죽었다. 부지런히 눈을 뭉치고 굴리는 사람들도 눈사람의 미래를 아주 모르지는 않을 것이었다. 그러니까, 부수는 사람이 있을 거라는 걸 알면서도 끝내 눈사람을 만드는 사람들이 있다. 매년, 언제나.

그럼 우리는 눈사람을 만드는 사람이 되자.

영훈과 나도 짐을 아무렇게나 내버려두고 작은 눈사람을 만들었다. 누군가 부수더라도 얼굴은 있어야 하니까, 작은 나뭇가지를 동원해 얼굴과 팔도 달아주었다. 빨갛게 언 서로의 손을 잡고 집에 들어가는 길이 이상하리만치 든든했다.

10년 전 즈음 이사를 마친 K의 집에 갔을 때였다. K는 라이터를 꺼내 유리창 앞에서 켜고는 창에서 일렁이는 불빛을 보며 의기양양하게 손짓했다. "봐봐, 불이 두 개 비치잖아. 이중창이라는 거지." 그러면서 K는 내 앞에서 창을 열었다 닫았다. 순간 바깥의 소리가 훅 차단되었다. 귀가 먹먹해지는 고요함에 나는 놀라 눈이 커졌다. K는 대박, 하면서 눈이 커진 나를 보고 웃었다. 당시 아무것도 모르던 나와 달리, 지방에서 올라와 혼자 자취를 거듭하던 K는 어른처럼 보였다. 어른 같던 K는 샷시가 중요하다고 했다. 샷시가 잘 되어 있지 않던 그전 집이 춥고 시끄러웠다는 것이었다. K는 듣고 싶지도 알고 싶지도 않은 것들이 벽과 창을 뚫고 들어올 때마다 두려워서 너무 죽고 싶었다고 했다. 이사 온 뒤로는 때로 창을 닫은 채 누워 아무것도 안하고 숨만 쉰다고, 자신의 숨소리를 들으며 죽은 듯 쉰다고 했다. 그 애의 말이 꼭 나는 너무 살아 있는 것처럼 들려서, 그날 나는 K의 취기 오른 얼굴을 가만히 응시했다.

그 애는 지금 어디서 뭘 하고 살고 있을까?

눈이 내리면 샷시가 잘 된 집처럼 고요해진다. 그런 날에는 가끔 K 생각이 난다. 그 애는 자취방이 자기 것임을 기뻐했고 또 자기만의 것이라는 걸 버거워했다. 그렇게까지 친하지 않던 나를 포함해 여러 사람을 밤마다 초대할 정도로, 그들과 밤새 술을 마시며 떠들어댈 정도로 쓸쓸해했다. 그러다가도 K는 불현듯 온 사람이 입 다물고 돌아가길 바랐다. 혼자 자신의 방 안에 쥐 죽은 듯 영영 갇히길 바랐다. 모든 걸 자신이 원할 때 기꺼이 닫아버리고 싶어 했다. 그러니까 K는 고요를 원했다. 마침내 손에 쥔 자신의 고요를, 자랑하고 지키고 파괴하길 바랐다. 혼자이고 싶어 하는 동시에 혼자이고 싶어 하지 않는 그 타이밍이란 절대적으로 K에게 달려 있었다. 그 애가 언제 뭘 원하는지 도통 알 수 없었던 그 시절의 나는 일관되지 않은 K의 태도가 조금 불편했다. 아마 K와 내가 크게 가까워지지 않은 건 그 때문일 것이다.

지금은 그 애가 고요를, 고요를 포함한 삶을 사랑했다고 생각한다.

라이터를 켜보면 불빛이 두 개는 보일 것만 같은 겨울밤. 그런 밤엔 영훈을 두고 일부러 홀로 나가 걷는다. 오직 내 것이라는 듯, 거리에는 자박이는 내 발소리만이 울려퍼지고. 영영 굳어버린 입김처럼 허공을 가로지른 나무들, 내내 쉼 없이 자라나다 눈 아래 침묵한 식물들. 그 곁을 스치며 나는 이중창을 자랑하던 K처럼 마음이 놓인다. 겨울에 피어난 진달래를 보면 슬프겠지. 피어나는 시간은 죽어 있는 시간을 포함하고 있으니까. 혼자이지 않은 시간은 혼자인 시간을 포함하듯이. 그렇다 해도 얼어붙은 귀만큼이나 혼자가 먹먹해올 즈음이면, 나는 코를 훌쩍이며 주변을 둘러본다. 저 멀리 희미하게 느껴지는 모퉁이 노상 트럭의 불빛, 썰매를 타는 듯한 청소년 무리의 웅성임, 크고 작은 눈사람과 눈오리 같은 것. 거기 가까워질 수도 멀어질 수도 있다는 사실로 하여금 계속 걷는다.

이 글을 쓰는 지금 많은 눈이 내린다. 버스를 타고 멀리 갈 수 없는 날씨에 약속이 취소되어서, 집 앞 카페로 읽고 쓸 걸 챙겨 나왔다. 카페에 앉아 눈이 나리는 밖을 보고 있자니 내가 있는 세상이 스노우볼 내부 같다. 잔잔하고 침착하고 안전한, 한없이 고요하고도 아름다운 세상. 그러나 한편으론 이런 아름다움이야말로 세상이 뒤흔들리고 있다는 증거 같다. 누군가는 아름다움을 보고자 둥근 세상을 마구 흔들어놓으니까. 내가 있는 곳, 그곳이 갖는 모든 가능성. 그것을 잊지 말라는 듯 이런 날이면 입김에 젖은 속눈썹이 축축해지다 금방 얼어붙는다. 사람들은 고드름을 깜빡이며 걷는다. '이런 날 운다면 눈물대신 눈을 흘릴지도 몰라.' 그런 상상을 하며 다시 창밖을 보면 눈물이 나린다. 세상은 미끄럽고 위험천만한, 소리 없이 위태로운 장소로 돌변해 있다. 도처를 뒤덮은, 그 모든 총합으로서의 흰 것.

가늘게 눈 뜨면 여전히 홋카이도 대학에 서 있는 것 같다.

쓰잘데기 없는 예체능

사람은 잘 모르면서도 무언가를 쫓는다. 내 부모는 왜 인지 꼭 그들 자신도 잘 모르는 것, 대학 간판과 거기에 따르는 인맥, 평탄하고, 좋은 삶 같은…. 겪어본 적 없 는 걸 내게 주려고 했다. 그런 게 고졸인 그들을 주눅 들 게 해서, 나만큼은 주눅 들지 않길 바라서 그랬을까? 아 무튼 좋은 삶에 대해 딱히 참고할 만한 걸 갖지 못했으므 로, 그들은 별 도리 없이 저보다 잘 아는 듯 보이는 이들, 이를테면 딸이 다녔던 학원 선생님 말 따위를 믿었다. "따님이 재능이 보입니다, 자식이 재능이 있으면 부모가 등골을 갈아 넣어서라도 보내셔야죠…." 세상에는 악마 가 분명히 존재한다. 그 학원이 하필 미술학원이었고, 내 부모가 하필 누굴 의심이라곤 할 줄 모르는 선하고 성실한 사람들이었다는 걸 생각해보면 말이다. 그렇게 나는 쭉 미술을 전공했고 어찌저찌 나름 괜찮은 학교들을 졸업했다.

하지만 내가 얻게 된 거라곤 고작 나무를 보는 방식 같은 것이다.

–쌤, 제 나무는 플라스틱 같아요.

화실에서 강사로 일하던 때, 하루는 근처 공원으로 야외 수업을 나갔는데 한 아이가 자기가 그린 나무가 진짜 나무 같지 않다고 심통을 부렸다. 그 애는 자신의 팔레트에서 갈색으로 분류되는 색으로만 나무를 칠한 터였다. 나는 나무가 먼저 무엇이었는지 잘 생각해보라고, 눈앞의 나무를 유심히 봐보자고 했다. 지루한 표정의 아이는 금방이라도 그림 따위는 때려 치고 놀 태세였다. 하지만 나도 호락호락 만만한 선생은 아니었다. 내가 아이의 심통에 항복하지 않고 계속 진지한 표정으로 서 있자, 아이는 별 수 없다는 듯 말했다.

–나무가 뭐. 당연히 씨앗이었겠죠.

나는 물었다.

-그게 어떻게 나무가 되는데?

아이는 망설였다.

-새싹이 돼서…. 흙을 뚫고 햇빛도 봤겠죠.

나는 거듭 물었다.

-그렇겠지. 또?

-비도 맞고, 먼지도 덮어 쓰고, 바람에도 흔들리고….

-그리고 또?

-꽁꽁 얼었다 녹기도 하고요.

-너 되게 잘 안다. 맞아. 그런 게 다 합쳐져서 저 나무
가 된 거잖아.

"이것저것 섞어보자" 하고 내가 웃자 아이는 안심하듯
따라 웃었다. 내가 도망가지 않으면 아이들도 도망가지
않는다. 내가 진지하게 대하면 아이들도 진지해진다. 조
금만 자신감을 북돋아주고, 조금만 알려줘도 아이들은
나무가 갈색이지만 갈색이지만은 않다는 것 정도는 금방
알아차린다. 아이들은 어른보다 심장도 빠르게 뛰고 체
온도 높아서 그 열기로 뭐든 익힐 수 있다. 그 애의 이마
에 송골송골 땀이 맺혀 잔머리가 착 달라붙었다. 그 땀을
달래듯 부는 바람에 잎들이 파도치는 소리를 들으며 나
는 아이가 빈 종이에 새싹 색, 흙과 볕과 비와 먼지와 바

람 색, 얼었다 녹았을 때의 색 같이 나름대로의 나무 색
을 여럿 만들어보도록 도왔다.

그래봐야 그건 팔레트에 있는 물감의 조합에 불과했
다. 물감으로 표현할 수 있는 건 많다. 표현할 수 없는 건
그보다 무수히 많다. 새로 그린 나무는 전보다 생기 있었
지만, 아직 자기가 생각한 꼭 그만큼을 그려낼 능력이 없
던 아이는 여전히 제 그림이 마음에 들지 않는다고 툴툴
댔다. 어차피 그건 그 애가 그림을 그리는 한 앞으로도
쭉 일어날 일이었다. 적어도 아이는 잠시 진지했고, 나로
서는 그 애가 나무는 갈색이지만 갈색이 아니라는 것만
익히길 바랐다.

그 애는 어떻게 되었을까?

지금쯤 성인이 되었을 아이는 미술 따위 다 잊어버렸
을지 모른다. 모두들 이렇게 말하기 때문이다. '미술 같
은 건 나중에 취미로 하면 좋다.' 내 부모도 미리 그 말을
들었으면 좋았을 텐데. 그 말은 취미의 응원이 아니라 예
술 같은 게 영 현실적이지 않은 선택이라는 뜻이다. 혹은
쓸모도 전망도 없는 그런 걸 진지하게 여겼다가는 먹고
살기 어려워지는 게 당연하다는 것이다. 하지만 나중에,
충분히 먹고살 만해지는 때 미술 같은 걸 취미로 누리면

좋다는 말엔, 삶에는 먹고사는 것만으로는 충족되지 않는 중요한 무언가가 있으며 그 무언가를 충족시켜주는 게 예술의 역할이라는 한 사회의 기대 또한 묻어 있다.

그런 기대로 사람들은 미술학원에 자신의 아이들을 보내고, 더 나아가 미술 전공을 시키기도 하고, 그러다 그 아이가 나 같은 전공자가 되어버리면, 먹고 살길이 막막하니 또 거기서 아르바이트를 하고….

아무튼 거기에 묻어 있는 사람들의 전제는 이런 것이다. 예술은 중요하지 않고 중요하다. 관련 종사자는 먹고 살기 어려운 게 당연하지만, 그럼에도 그걸 초월하는 고고하고 의미 있는 무언가를 응당 보여주어야 한다. 말하자면 예술엔 모순된 기대가 걸려 있으므로 그런 걸 쫓는 예체능 전공자들이 좀 돌아 있는 것도 무리는 아니다.

고등학생 시기 나는 진로 희망 1, 2지망 칸에 대학 교수와 작가라고 적었다. 뭘 알아서 그런 건 아니었고 그냥 순수미술로 할 수 있는 직업이 별로 없어 보여서 골라 적은 거였다. 당시 나는 소득분위에 따른 장학금을 받고 있었는데, 우리 집 사정을 뻔히 아는 담임은 또박또박 쓴 내 글씨를 별말 없이 몇 초간 응시했다. 내가 돌았다고 여기는 눈치였다.

그런 일은 반복되었다. 작가를 희망하기에는 재능이 모자랐고 교수를 희망하는 건 말이 안 된다는 걸 깨달은 20대의 나는 회사원이 되고자 애썼다. 그리고 취업 준비 내내 왜 예체능 전공이 이 일을 하려는 거냐는 질문 폭격을 받았다. 그럴 때마다 면전에 '나도 먹고는 살아야죠?' 같은 말을 하지 못해서 억울했다. 그런 질문을 받지는 않을 학예사라도 준비해볼까 했더니 그 판은 이미 머리 좋은 고학력자 공급과잉 상태였다. 오래 공부할 정도로 자기 일에 진심인 운 좋은 애들은 심하게 적은 돈으로 부려도 괜찮다는 사회적 합의는 덤이었다. 고학력자가 될 머리도 금전도 없고, 그 뒤 운 좋게 한 자리를 얻는다 해도 박봉에 불안정한 일을 이어갈 열정 또한 없었던 나는 대학을 졸업하며 절망에 빠졌다. 기왕이면 내 역량을 발휘하면서 대단치 않아도 너무 적지는 않은 돈을 벌 일 어디 없소? 그랬더니 보통의 사회 구성원들은 내가 배가 불렀다고 했다. 예체능 전공을 한 주제에 그런 걸 진지하게 바라는 걸 보니 돌았다는 것이었다.

─안 돌았어, 배 안 불러, 나 멀쩡하다고 시발!

그러나 나는 구직을 간절해하면서도 내 삶의 전반을

짓눌러온 모순된 기대를 버리진 못했다. 나를 누르던 그건 그만 내 일부가 되어버린 모양이었다. 결국 나는 미술 쪽은 벗어났지만, 무언가 중요한 걸 해내고 싶은 그 욕구에서는 벗어나지 못하고 그만 쓰는 사람이 되었다. 먹고 사는 것만큼이나 꼭 필요하다고 믿어온 나름의 의미들을 적어내며, 적은 고료를 모르는 척하고 알아서 삶의 지지분함을 처리하는 사람이.

그림을 그리나 글을 쓰나 그런 건 도긴개긴이어서 가끔 미술 쪽에서 작업을 이어가는 끼리끼리인 친구들과 술을 마셨다. 우리가 하고 있는 게 미친 짓인 양, 호프집에서 술을 퍼마시던 한 명은 울부짖었다. "작업은커녕 알바로 과로사하겠어." 다른 한 명이 말했다. "돈 있는 집 애들 아니면 다 뒤져야지 뭐." 가엾게도 돌아버린 친구들을 보며, 글을 쓰게 된 초반에 나는 공짜 강냉이를 삼키곤 차분하게 말했다. "진지하게 하면 뭐라도 되겠지 설마…." 그때까지만 해도 멀쩡한 척하면 멀쩡한 사람들의 기대에 부응할 수 있을 줄 알았다. 기대에 부응하기 위해 뭘 '하면' 될까만 고심했을 뿐, 애당초 '누가' 그럴 수 있는지에 대한 현실 감각은 고장나 있었던 것이다.

몇 년간 인생의 쓴 맛을 본 나는 이젠 술을 마시며 같이 울부짖는다. '나 돌았네, 이건 미친 짓이야…' 이제 나는 누가 왜 쓸데없는 것에 진지하냐고 말해도 그저 웃는다. 예체능 같은 건 취미로 하는 게 좋다고 말에는 좀 돌은 사람처럼 맞장구도 친다. "맞아요, 다 취미로 하면 좋답니다, 취미로라도 좀 해주십시오…"

삶에 무엇을 중심으로 두는지는 세상을 보는 방식에 영향을 미친다. 그 방식에 무엇이 맞고 틀린지는 점점 더 모르겠다. 단지 내게는 선호와 불호가 있으며 불행하게도 숫자 같이 유용한 것으로 세상을 보는 게 내가 선호하는 건 아니다. 그랬다면 돈을 좀 만지며 살 텐데. 아쉽지만 그렇다 해도 나로서는 내 호불호를 어떻게 할 방법이 없고 내 막내 삼촌 또한 그럴 것이다.

막내 삼촌은 자기 누나인 우리 엄마를 포함해 7남매를 다 도와줬을 정도로 열심히 돈을 벌어온 펀드 매니저다. 그와 대화할 때마다 놀란다. 삼촌이 가장 믿는 게 다름 아닌 세상의 숫자와 그 흐름 같은 거라서. 삼촌은 내 학비를 도와줬을 정도로 나를 사랑하고 나 역시 삼촌을 사랑한다. 삼촌 덕분에, 나는 나와 달리 이 세상에서 큰돈을 만지는 사람들의 사고방식을 조금은 눈치채게 되었다. 삼촌은 종일 숫자로 세상을 보고 숫자로 세상을 이해한다. 그 숫자의 흐름은 너무 빠르고 촘촘해서, 그 흐름을 놓치지 않기 위해서라면 무슨 생각을 하든 숫자를 중심에 두어야만 한다. 그렇지 않았다간 커다란 돈이 사라져버리니까. 삼촌은 그런 일이야말로 전문적이며 내 글 같은 건 전문성이 필요하지 않은 일이라 여긴다. 아니 삼촌, 그게 아니고서야 매번 내 글에 그렇게까지 훈수를….

그렇게 쌓아온 삼촌의 하루하루는 삼촌과 나의 대화에까지 영향을 끼친다. 나는 삼촌을 사랑하지만 삼촌과의 대화는 어떻게 해도 금방 지루해진다. 내가 관심을 갖는 건 대체로 글이니 예술이니 페미니즘이니 뭐니 하는 모호하고 정답 없는 것들, 나무가 갈색이지만 갈색이지만은 않다는 것 정도다. 반면 삼촌의 화제는 숫자만큼이나 거대하고 확실하고 오래된 것들이 대부분이다. 빠르게 답을 내리고 판단하기 위해서는 기준이 필요하고 그러려면 나무는 갈색이라고 정해두어야 한다. 그로 말미암아 삼촌은 모든 정답을 미리 정해두고 말을 거는 것 같다. 명료하고 단일한 정답을. 내가 아는 건 그 정답에서 벗어나 있으므로, 삼촌은 그런 걸 죄다 쓸데없다고 여기는 것 같다.

하지만 삼촌의 정답에 아무도 끼어들 틈이 없어서 그
런 걸까? 내 눈에는 삼촌의 세상이 조금 밋밋하게 보이
고, 그래서인지 때로 삼촌은 외로워도 보인다. 그게 좀
신경 쓰인다. 나로서는 잘 모를 삼촌의 틈을 비집고 들
어가봐야겠다는 생각이 들 만큼. 삼촌의 세상 또한 삼촌
이 말하는 정답들처럼 단일하지만은 않을 텐데? 나는 나
무를 보듯 삼촌을 본다. 삼촌이 숫자를 보면서 자신의 무
엇을 지켜왔을지, 나로선 결코 모를 삼촌의 모습은 또 무
엇일지 진지하게 곱씹어보면서, 나름대로 삼촌을 이전과
다른 방식으로 상상하고 그려본다. 사는 게 바빠 늘 그러
지는 못하지만….

그건 삼촌이 숫자를 믿는 만큼이나 내가 삶에서 중요
하다고 믿는 것 중 하나다. 이상하게도, 삼촌은 내가 믿
는 것에서 위안받는 것도 같다. 좀 김칫국 같지만 어쩐
지 삼촌은 조카 중 유독 나를 좋아하는 것도 같다. 나는
삼촌을 자꾸자꾸 두껍게 보려고 하니까. 그건 내가 삼촌
이 대수롭지 않게 여겨온 것들을 중심에 두고 세상을 보
기 때문에 가능하다. 삼촌이 나를 도와줄 수 있었던 것
도, 삼촌이 숫자를 중심에 두고 세상을 보았기 때문에 가
능한 일인 것처럼. 비록 내 도움이 삼촌이 만들어내는 돈

만큼 유용하지는 않지만, 나도 그를 돕는다. 나 같은 사람 때문에 삼촌은 삼촌 스스로가 그려온 이상이 될 수 있다고 믿는 식으로 말이다. 나무가 갈색이지만은 않듯, 세상은 하나의 유형의 사람만으로 이루어지지 않다는 믿음.

그 믿음으로 나는 예체능 같은 건 취미로 하면 좋다는 말을 웃어넘길 수 있다. 그건 나름의 멀쩡한 척인 동시에, 내가 믿는 것들을 조금도 포기할 생각이 없다는 의지의 표현이다.

요즘은 뉴진스 앨범을 계속해서 듣는다. 들으면서도 음악을 듣고 있다고만 여길 뿐 그 음악이 차지한 3분 6초에 대해서는 줄곧 까먹는다.

오래전 아이는 무척 지루해하며 시간 바깥에 앉아 매분 매초를 세고 있었다. 그러나 집에 가고 싶은 마음이 집에 있을 때 사라지듯, 시간 안에 있으면 시간을 셀 수 없게 된다. 나무를 여러 방식으로 뜯어보기 시작하던 아이는 이윽고 해가 저물 때까지 시간 가는 줄 모르고 그림을 그렸다. 그 애는 지금쯤 나무를 어떻게 볼까? 누군가는 쓸데없는 데 왜 그리 진지하냐고, 진지하다고 다 좋은 건 아니라고 아이를 만류했을지 모른다. 하지만 좋은 건

대체로 진지하고, 진지함은 한 사람을 시간 속으로 들여보낸다. 좋은 글, 그림, 영화와 음악 따위는 진지함으로 빚어진 나머지 보는 사람 또한 진지하게 한다.

그러므로 그 아이가 계속 나무를 진지하게 대했다면, 누군가는 아이가 그려낸 나무 앞에서 아이처럼 시간 가는 줄 모르게 되지 않을까. 나무는 갈색이지만 갈색만이 아니라는 데, 그게 자신이 알았던 나무를 좀 더 다채롭게 만들어준다는 데 놀라면서 말이다. 물론 또 다른 누군가는 오직 그런 일이 일어나길 바라며 온 마음을 다하는 사람들을 하찮게 여기겠지만….

그럴 때조차 나는 나무를 진지하게 보고, 때로 나무는 모든 것이다.

내 부모는 내가 얻은 게 이런 것일 줄은 전혀 몰랐을 것이다. 고작 나무를 보는 방식이라니. 그 방식이 나무를 갈색으로만 내버려두지는 않을 거고 믿는 게 전부라니. 사람들은 그런 믿음을 놓지를 못하는 이들을 돌았다고 손가락질하면서도 기대를 건다. 그 기대에 부응하려 혼자 진지해온 이들은 점차 기대보다 제 믿음을 중요하게 여기게 된다. 거듭 인생의 쓴 맛을 보다 보면 삶의 지지 분함을 처리하는 게 결국 자기 자신에게 달려 있다는 걸 알게 되기 때문이다. 그러나 실은, 나는 나무를 보는 방식만으로도 지지분한 시간을 지나갈 수 있다. 그건 때로 살아간다는 것에 다름없다.

무너지기 쉬운 사람들

　지금은 아니지만 책 계약을 하고 글을 쓰면서도 한동안 꾸준히 아르바이트를 했었다. 마지막으로 일했던 곳은 한산한 프랜차이즈 카페였다. 카페에 도착하면 나는 앞치마를 두른 뒤 일회용 잔과 찌꺼기 등이 든 통을 들고 건물 뒤쪽 분리수거 천막으로 향했다. 그 시간이면 항상 천막에 계시던 아주머니는 나를 잘 알지도 못하면서 매번 내 통을 빼앗아 자기가 버리겠다고 우겼다. 건물 화장실 청소도 하고, 천막 내부 정리도 하고 이것저것을 하는 분이었는데 딱히 쉴 곳이 없어 거기서 쉬시는 모양이었다. 나랑 실랑이를 벌이며 그는 항상 말했다. "내 손녀 같아. 손녀 같아서 그래." 천막은 너무 더웠고 나는 가끔

커피를 사서 아주머니 손에 쥐어준 채 줄행랑을 쳤다. 뉴스를 보다가 청소노동자가 죽었다는 소식을 들은 날에는 괜히 두 잔을 사 가기도 했다.

일을 하다 보니 세상에는 두 종류의 사람이 있는 것 같았다. 자기 음료가 만들어지기를 기다렸다가 가지고 가는 사람. 자기 음료를 누가 직접 가져다주어야 하는 사람. '그럼 나는 어떤 사람이지?' 그런 생각이 들자 슬퍼졌다. 나는 둘 중 누구도 아닌 음료를 만드는 사람이기 때문이었다. 하루는 손님이 인상을 찌푸리며 진동벨을 거부하더니 부득이 커피와 물을 자기 앞까지 가져오라고 했다. 죄송하지만 직접 가져가셔야 한다고 말해도 막무가내였다. 결국 트레이에 음료를 가져다준 내게 손님은 아르바이트생답게 융통성을 발휘하라고 충고했다. 나는 뭐가 깎여나간 사람처럼 웃었다. "네."

그날따라 무척 바빴다. 쿠팡이츠와 배민 주문이 끊임없이 밀려들었다. 비가 와서인지 라이더는 잡히지 않았고 뭘 하려고 하면 배달을 독촉하는 전화가 걸려왔다. 혼자 일하느라 정신이 없던 와중 사장에게 카톡이 왔다. 매장 CCTV 영상을 봤는데 테이블 위에 빈 잔과 쓰레기가 그대로 있으니 어서 치우라는 거였다. 음료를 가져다준 그 손님의 테이블이었다. 나는 카톡에 답을 하고 엉망인 테이블을 치우며 몇 주간 쓰지 못한 글들을 떠올렸다. 아는 작가님이 나에게 글을 쓰려면 그런 일을 그만두라고 충고하던 것 또한 떠올렸다.

다음 날 일을 그만두겠다고 말한 뒤 커피를 들고 천막으로 갔다. 이제 공짜 커피도 마지막이라고, 아주머니가 아니었으면 더 빨리 그만뒀을지도 모른다고 아주머니께 농담을 했다. 아주머니는 잘 되었다며 천막으로 종종 놀러오라고 했다.

집에 오면서 세상에는 두 종류의 사람이 있는 것 같다고 생각했다. 그만두는 사람과 계속하는 사람. 그런 생각이 들자 슬퍼졌다. 그만두지도 계속하지도 못한 채 그저 놓여 있는 사람도 있고, 나는 그 이유를 알 것 같았기 때문이다. 그만두는 건 어려웠다. 고작 서른이 넘어 하는 아르바이트인데도, 어쩌면 그래서 너무 어려웠다. 글로 돈을 버는 건 쉽지 않았고, 돈이 없으니 내가 쓸모없는 듯 느껴졌는데, 정기적으로 할 수 있는 돈을 버는 일이란 아르바이트뿐이었으니까. 그만두기란 그처럼 어려운 나머지 나를 손녀같이 여겨준 아주머니는 나처럼 일을 그만둔다는 생각조차 못했을지도 모른다. 반면 사람이길 그만두는 건 그보다 쉬운 듯했다. 나중에 들리는 말로는 매번 내게 직접 음료를 가져다달라던 손님은 그전부터 아르바이트생에게 여러 번 다양한 방식으로 자신의 지위를 강조해온 모양이었다.

돌이켜보면 그런 일은 늘 있었다. 나는 나를 스쳐간 몇몇 손님들을 떠올리곤 한다. 아주머니가 쉬던 곳이 천막이라는 것도. 청소노동자, 경비원 같은 이들을 사회가 어떻게 대우하는지 뉴스에서 매일같이 본다. 그 시기 나는 사람이 사람이길 그만둘 수 있다는 걸 배웠다.

그저께 집에 오는 길에 치킨 픽업을 갔다. 갔더니 내 또래의 젊은 사장이 배민 측과 통화하며 소리를 지르고 있었다. 듣자하니 배달기사의 착오로 그날만 주문이 네 번째 바뀌어서 나간 모양이었다. 손님들은 배도 고픈데다 배달이 늦어지자 음식도 식다 보니 가게에 항의 전화를 하거나 가게 별점을 깎는데, 그래서 나는 매일매일이 살얼음 같은데, 배민 측에서는 도대체 뭘 하자는 거냐고, 제발 멍청한 기사는 자르거나 당신들이 손님에게 제대로 사과하고 보상하라고, 이번이 몇 번째냐고…. 사장은 고래고래 수화기에 대고 외쳤다. 그 앞에서 다른 배달기사는 뻘쭘하게 자신이 가져가야 할 치킨이 나오길 기다렸고 주방의 외국인 직원 둘은 무표정하게 자신의 일을 이어갔다.

내 몫의 음식은 아직이었고 그렇다고 거기 서 있자니 남의 통화를 엿듣는 거 같아 좀 뭐했다. 밖으로 나와 치킨 집 바로 옆 슈퍼 앞을 어슬렁거리는데 슈퍼 바깥에 놓인 냉동고에 탱크보이가 보였다. 엄마가 입이 개운하다고 좋아하는 아이스크림 중 하나였다. 어떡하지 고민하다 내 치킨이 나올 때 즈음 탱크보이 몇 개를 사서 통화 중인 사장과 직원에게 건넸다. 별 뜻은 없었다. 그냥 가게를 하는 엄마가 지칠 즈음마다 손님들이 그런 아이스크림을 사다주곤 했던 게 기억나서였다. 엄마의 가게에서는 각양각색의 사람들이 오곤 했다. 여기저기 토하거나 취한 채 의자에 앉아 오줌을 누던 사람. 생맥주를 남기고는 먹지 않을 테니 환불을 해달라다가 안 해주니 바닥에 부어버리는 사람, 부러 가게 운영에 말을 얹으며 손가락질하는 사람도 있었다. 그러나 어떤 사람들은 엄마에게 커피나 아이스크림을 사다주었다. 잘 먹었고 음식이 아주 맛있었다고 거듭 말해주었다. 이따금 엄마를 돕던 나는 같이 아이스크림을 나누어 먹었다. 손님의 카드를 받아들고 웃으면서 계산했다. 더위가 스러지듯, 아주 가끔은 그런 걸로도 사람을 괴롭게 달구던 무언가가 훅 식어버리곤 했다.

─저희 엄마도 가게 하셔서요. 늘 맛있게 해주신 덕에 잘 먹습니다.

대충 얼버무리고 계산하는 동안 아이스크림을 받아 든 사장의 얼굴이 갑자기 길을 잃은 아이마냥 훅 일그러졌다. 이마는 아직 화를 내고 있었지만 눈은 당황한 것처럼, 웃는 것처럼, 우는 것처럼 보이기도 했다. 그의 다른 손엔 여전히 수화기가 들려 있었다. 그걸 보는 내 마음도 어쩐지 찌그러지는 것만 같아서 후다닥 나왔다. 사장의 고함은 더 이상 들리지 않았다. 아파트 단지는 고요했으며, 배달기사도 어디 갔는지 보이지 않았다. 나는 남은 아이스크림이 든 봉지를 흔들며 어둡고 조용한 거리를 빠르게 걸었다. 낮 동안의 열기가 무색하리만큼 선선한 바람이 불어왔다. 사람들은 서로에게 상처를 입힌다. 그러나 내가 사람들에게 배워온 것 또한 그 밤의 바람 같은 것이었다. 사람들은 서로를 당황시킬 수 있다. 사람들은 서로의 무언가를 무너뜨릴 수도 있다.

우정

"사는 내내 외로웠으며 지금도 기댈 친구가 없다. 우정이 뭔지 모르겠어서 슬프다!"

교실 한가운데 중년 남성의 목소리가 묵직하게 울려 퍼졌다. 그가 읽어준 글은 단조롭고 투박했지만, 화자의 갈증만큼은 살아 있었다. 거기 뭐라고 말을 얹으면 좋을까 망설이는데 매번 일찍 와서 맨 앞줄에 앉는 다른 문우가 큰 소리로 말했다.

"원래 친구가 제일 어려워. 나는 칠십 다 먹어가는데도 우정이니 뭐니 도통 모르겠어!"

그의 푸념에 모두 웃느라 분위기가 가벼워졌고 나는 안심하며 가까스로 수업을 마쳤다. 창밖에서는 시원하게 비가 내리고 있었다. 우산을 펴고 빗속으로 들어서며 나는 푸념하던 문우를 생각했다. 그의 주름진 입가, 줄무늬 카라 티셔츠를 다려 입는 부지런함, 푸념을 가장해 상대를 북돋아주려는 마음. 때때로 그런 데서 나는 위엄을 느꼈다.

수업을 들으러 오는 문우 대부분은 나보다 스무 해 이상 더 살아본 이들이었다. 그 앞에 선생으로 서는 건 생각보다 큰 담력이 필요했다. 이를테면 내 책장에 스무 권도 넘게 쌓인 작법서 두께 정도의 담력이. 내가 하는 건 수업이라기보다는 그런 걸 닥치는 대로 읽은 뒤 편집해 전달하는 일에 가까웠다. 내 말에, 내 진실이 있긴 한가? 종종 나는 스스로를 야비한 사기꾼 대하듯 몰아세웠다. 그러나 수업이란 수업을 하는 이가 듣는 이와 함께 배우며 자신의 부족함을 만회해보는 일이라는 듯, 삶을 더 오래 겪어본 문우는 그가 가진 진실을 선뜻 말해준 것이었다. 칠십 다 먹어가도 친구도 우정도 어렵다는 자신의 진실을.

그에게 배운 진실을 곱씹으며 나는 궁금해졌다.

'언제쯤 안 어려워지려나?'

우정이라는 단어 앞에서는 내리는 비에 젖어오는 아스

팔트처럼 외로워진다. 그 외로움은 친구를 갈구하며 홀로 걷던 어느 밤의 냄새다. 그 밤 발치에서 부서지던 낙엽, 새벽녘 나를 무심히 때리던 바람, 놀이터 그네의 삐걱거림과 입 안에서 쇠 맛을 내던 흙먼지다. 사람은 근본적으로 혼자라고 가르치던 문장과, 나와 달리 수심을 모르는 타인의 동공, 거기 부딪혀 짓무른 내 눈가와 메마른 나를 훑고 지나던 모든 것…. 그런 건 내가 쓰는 글의 아주 중요한 줄기를 이루지만, 그뿐이다. 그런 걸 아무리 써봤자 우정이 또렷해지지는 않는다. 당연하지, 칠십이 되어가는 문우도 도통 모르겠다고 하는 걸….

20대의 나는 우정이 뭔지 좀 안다고 생각했다. 그건 초·중·고등학교에서 모두 따돌림을 당해본 기억 때문일지도 몰랐다. 그 일들은 시간이 지나며 더 이상 나를 해치지는 않았지만, 영영 낡지 않는 식으로 내 안 어딘가에 남아 내가 되었다. 그래서인지 성인이 되어서도 나는 혼자라고 느꼈고 정말로 혼자 다니기도 했다. 몇 없는 친구들은 다른 대학 다른 과에 가서 새로운 관계에 진입했다. 반면 학부로 입학해 반수를 하고 온 나는 한동안 속한 과조차 없어 혼자 수업을 듣고 혼자 밥을 먹고 혼자 도서관에 갔다. 3학년 즈음에서야, 나는 학생 대부분이 친구와 같이 수업 시간표를 짠다는 걸 알고 내심 놀랐다. 그런 나를 이상하게 여기지 않는 학풍의 학교여서 다행이었다. 그렇다 해도 나를 제외한 이들은 무리에 속한 채 다 같이 여행을 가거나 한강에서 술을 마시거나 생일날 서로 초를 불어주었다. 변치 않을 것처럼 열렬하게. 나는 거기서 멀찌감치 있었으므로 그런 걸 모조리 지켜볼 수 있었다. 종종 나 자신이 아무도 오지 않는 골목에서 홀로 깜빡이는 가로등 같다고 생각하면서.

덕분에 한때 내겐 친구라면 이래야지, 같은 구체적인 목록이 있었다. 그것이 명백한 우정이라는 듯이. 같이 미팅도 하고, 여행도 가고, 서로를 최우선으로 찾으며 함께 보낸 시간들을 SNS에 올리고…. 그게 뭐든, 그 시절 나는 최선을 다할 준비가 되어 있었다. 누가 그런 걸 나에게 좀 강요하길, 그래서 나도 상대에게 뭐라도 강요할 수 있기를 바랐다. 바랄수록 그런 일은 일어나지 않았다. 간혹 착각하게 하는 여자가 나타나기는 했다. 자신의 고민을 내게 쏟아낸 뒤, 원래 있었던 무리로 휘리릭 돌아가버리는 여자가. 우정이 오직 내게만 달려 있다면 나는 그를 겁박이라도 해서 친구가 되었을 게 분명했다. 그러나 우정은 내게 달려 있는 동시에 내게만 달려 있지 않았다. 상대에게는 나를 택하지 않을 자유가 있었다. 나의 갈망과, 그 갈망이 무의미해질 정도의 자유. 20대의 나는 그 불일치를 가늠하는 직감의 발달로 나날이 예리해져갔다.

　나는 예리해진 나머지 몇몇 여자들이 내게 한 것과 비슷한 짓을 남자에게 할 수 있었다. 나를 향한 남자의 갈망과 그를 선택하지 않을 내 자유의 격차를 빠르게 눈치챈 것이다. 그로 인해 그 시기 나는 남자들과의 우정이 불가능했고 친구보다는 연인을 만나는 게 훨씬 쉽다고 느끼며 자유로운 척 남자들과의 연애에 빠져들었다. 그러나 사랑과 우정은 제각기 다른 위장을 가진 모양이었다. 아무리 연인을 만나도 나의 허기는 가시지 않는다는 사실. 그로 하여금 나는 우정의 위장이 내내 쪼그라들어 있음을 느끼며 만나는 남자의 어깨너머로 여자들을 주시하곤 했다. 나로선 결코 선택하지 않을 남자가 나를 갈망하듯, 나를 결코 친구로 여겨주지 않는 여자들을 여전히 갈망하면서. 서로서로 함께인 여자들, 그런 걸 함부로 티내고 아름답게 웃음으로써, 내가 영원히 그런 아름다움을 가질 수 없다는 확신을 내 마음 깊숙이 못 박는 여자들…

그로 인해 언젠가는, 도서관 화장실 끝 칸에 앉아 끅끅 울었던 적도 있다. 사람을 외롭게 만드는 건 적이 아니라 친구°라는 구절을 발견한 직후였다. 우는 와중 옆 칸에 급하게 들어온 여자가 요란하게 똥을 싸서 나는 그만 고뇌를 잊고 소스라쳤다. 볼일을 방해하고 싶지는 않았으므로 나는 그가 민망하지 않도록 개수대 물을 시끄럽게 틀어 손을 씻은 뒤 화장실에서 도망치듯 나왔다. 그즈음 나는 내 눈물보다 남을 먼저 신경 쓰는 식으로 상대의 비위를 맞추는 데 익숙해져 있었다. 그러다 보면 누구라도 내 친구가 되어줄 것 같아서였다. 그러나 동시에 나는 혼자 우는 게 지겨운 나머지 눈물을 그칠 구실을 매번 찾고 있기도 했다.

그런 일은 반복되었다. 친구니 우정이니 생각하다 보면 복잡해졌고, 복잡해지면 눈물이 났다. 혼자 울다 보면 자주 거기 훼방을 놓는 일들이 생겼으며, 그럼 나는 옳다구나 하고 허둥지둥 거기서 도망쳤다. 어려운 일들이 흔히 그렇듯 모르는 건 모르는 채로 내버려둬왔다는

○ 지금은 구절만 기억나지만, 아마도 밀란 쿤데라 책에서 본 것일 테다.

얘기다. 나는 울다가도 별 수 없이 내가 가장 잘 아는 혼자로 돌아가 외로움을 익혔다. 그 외에 뭘 할 수 있었을까? 그 외로움은 시간이 지나며 더 이상 나를 해치지는 않았지만, 영영 낡지 않는 식으로 내 안 어딘가에 남아 내가 되었다.

외로움은 자석 같다. 나는 내게 들러붙거나 나를 밀어내는 누군가를 빠르게 감지한다. 그에게서 도망가거나, 언젠가 내게 간절했던 것들을 내어주기를 반복하면서 서른 중반인 지금은 친구가 제법 생겼다. 전에는 우정을 안다고, 그저 친구가 없을 뿐이라고 느꼈는데 정작 친구가 생기고 나니 친구가 있을 뿐 우정은 역시 모르겠다. 단지 이제는 상대도 나를 나와 똑같은 방식으로 친구로 여길지 아닐지가 궁금하지는 않다. 오히려 그런 걸 대수롭지 않게 여기는 스스로가 당황스럽다.

얼마 전 누군가 SNS에서 축의금을 고민했다. '1년에 한 번씩 봐온 친구인데, 축의금을 얼마 해야 할까요?' 예전에는 그 정도면 먼 사이니 최소한만 하라고 했을 텐데 지금은 1년에 한 번이라도 보려고 한다면 나름 가까운 사이 같다. 오래된 친구인 베를리너만 해도 그가 한국에 오는 1, 2년에 한 번 볼까 말까다.

그는 내가 똑같고 또 변했다고 한다. 과거의 나는 베를리너에게 무리지어 노는 친구가 있으며 내가 그들을 뚫고 최우선이 못 된다는 사실만으로도 나 자신을 하찮게 여겼다. 베를리너의 유일무이한 친구가 될 수만 있다면 다 버릴 수 있을걸…. 그때 나는 베를리너에게 너무 전전긍긍한 나머지 그 애의 삶에 함부로 끼어들지도 못했는데. 지금은 제법 태연하게 베를리너를 대한다. 어쩌다 보는 베를리너가 중학교 시절 그대로인 동시에 누군가 그의 탈을 훔쳐 쓰고 나타난 것처럼 이질적이어도 놀라지 않는다. 그 애는 타국에서 고군분투하며 나로선 모를 시간을 많이도 모아왔을 뿐인 것이다. 나 역시 그러하듯이. 우리의 얼굴에는 낯익은 과거와 낯선 현재가 혼재되어 있다. 서로 모를 시간이 늘어간다는 게 서로가 소중하지 않다는 의미는 아니다. 오래된 친구란 어쩌다 한 번씩 보든, 어떻게 변하든 꼭 가족 같다.

그리고 변한 나는 이제 가족과 가족 같은 것 중에서 가족을 선택한다. 세상이 1시간 내로 멸망할 예정이며 멸망 전까지 딱 한 사람과만 시간을 보낼 수 있다면, 지금의 나는 가족 같은 사람보다는 가족 혹은 가족이 되어가는 동거인을 먼저 떠올릴 것이다. 베를리너를 포함한 내 친구들도 딱히 우주대멸망 앞에서 나를 떠올리진 않을 거고….

그런 순위를 매 순간 매겨가며 살지는 않는다. 그러나 우주대멸망 시나리오가 아니더라도 어쩔 수 없이 순위를 매겨야 하는 순간들은 찾아온다. 하루는 어떻게 해도 24시간이다. 내 일을 해내고 생활을 꾸려나가는 시간. 가족을 챙기고 또 가족이 되어가는 시간. 일과 우정이 혼재된, 일하며 생겨난 새 관계들을 정비하는 시간…. 그리고 24시간은 매번 모자라서, 나는 시간 여유가 생기는 즉시 그 시간을 혼자에게 준다. 혼자라는 가장 익숙한 상태에서야 저 중에서 내게 무엇이 중요한지를 곱씹고 분배할 수 있어서다.

대부분의 친구들은 나와 비슷하게 지내고 있으므로, 우리는 아주 어쩌다 짬을 내서야 가까스로 본다. 마침내 마주한 친구에게서 나는 삶의 국면이 달라지며 서로가 서로의 우선순위에서 밀려나고 있음을 확인한다. 어쩌면 서로를 이해하는 이들끼리만 친구로 남게 되는 걸까? 서로의 무심함을 문제 삼는 대신 이해의 영역에 두면서, 서로가 모르는 시간이 불어나는 걸 지켜보면서?

그렇다.

어쨌거나 내가 바로 그 '남자에 미쳐서 친구를 버리는
여자'다. 만일 내가 여자를 사랑하는 성향이었다면 '여자
에 미쳐서 친구를 버리는 여자'가 되었겠지만, 뭐가 되었
든 어쨌거나 나는 미쳐서 친구를 버리는 여자다. 사랑에
는 빠지지만 우정에는 빠지지 못하는 여자. 그 여자는 그
둘 보다도 앞서 혼자 있는 시간을 무척 중요하게 여긴다.

"인간은 자신의 죽음을 예측하지 못하고, 인생을 마르
지 않는 샘이라고 생각한다. 하지만 세상 모든 일은 고작
몇 차례 일어날까 말까다. 자신의 삶을 좌우했다고 생각
할 정도로 소중한 어린 시절의 기억조차 앞으로 몇 번이
나 더 떠올릴 수 있을지 모른다. 많아야 네다섯 번 정도
겠지. 앞으로 몇 번이나 더 보름달을 바라볼 수 있을까?
기껏해야 스무 번 정도 아닐까. 그러나 사람들은 기회가
무한하다고 여긴다."°

최근 어디서 나온 근사한 문장들이 카드뉴스처럼 만들
어져 SNS에 돌아다녔다. 그 포스팅에 친구를 태그하는

○ 영화 〈마지막 사랑〉에 영화의 원작자 폴 볼스가 등장해 내레이션 하는 대사라
고 한다.

몇몇 여자들은 문장 속 보름달을 우정에 대입해 읽은 듯했다. 삶은 유한하고, 기회란 몇 차례 없으니 소중한 사람들과 더 자주 봐야 한다는 거였다. 서로 '좋아요'를 주고받고, 우정이 무엇인지 잘 아는 그 여자들은 여전히 아름다워 보인다. 20대의 내게는 커다란 상처가 되었을 법한 일이다.

그러나 30대의 나는 안다. 보름달이 내 삶을 좌우하는 소중한 무엇이라면, 나는 타인과 있을 때 보름달을 바라보지 못하는 종류의 사람이라는 것을. 혼자 보름달을 보며 알게 된 것들로만 타인에게 다가갈 수 있는 사람이라는 것을. 그렇게 알게 된 게 고작 무수히 혼자였던 시간과 외로움에 불과할지라도, 영영 그럴 테지. 아끼는 여러 이들의 얼굴이 스쳐간다. 그 얼굴들을 뒤로하고 이따금 홀로 보름달을 보러가야만 한다는 것. 나는 그걸 알기 위해 줄곧 혼자였을까. 친구를 갈구하다 못해 결국 외로움과 친구가 된 걸까. 지금 아는 건 그 어떤 사랑도 우정도 내게서 외로움을 제거하지는 못한다는 사실이다. 그건 이미 나다.

여자들 간의 우정에 대한 깊은 충성과 반짝이는 찬사,

혼인서약에 가까운 낭만, 열렬하고도 변치 않을 것 같은 관계. 나는 그런 걸 다룬 글들을 군이 찾아 읽고는 미심쩍다는 양 눈을 깜빡인다. 이거, 다 우정에 대한 과대평가 아니야?

그 모든 우정은 한때 내가 간절히 바라던 무언가처럼 보인다. 한 시절의 강한 갈망은 내 안에 확신을 못 박았다. 영영 그런 걸 가질 수 없을 거라는, 내가 영영 그것을 바라는 위치에 있을 거라는 확신. 그런 건 한 사람에게 상흔을 남긴다. 마침내 원하던 걸 갖게 되었다고 해서 사라지는 건 아닌 상흔을. 언젠가의 갈망은 그런 식으로 내 안에 새겨졌다. 그로 인해 나는 사랑하는 친구들이 생긴 지금도, 내가 가진 것과는 다른 형태의 우정들을 군이 찾아다닌다. 나에게 매번 '그것'의 없음을 상기시키며 내 상흔을 건드리는 것들을 미심쩍어 한다. 그리고 미심쩍음이 말해주는 건 누군가 쓴 우정에 대한 글이 아닌, 거기서 멀찌감치 떨어져 있는 나 자신에 대한 것이다. 잘 모르는 곳에 제 발로 찾아가 헤매는 사람마냥 소외감을 느끼고는, 울지 않기 위해 가로등처럼 눈을 깜빡이는 나 자신 말이다.

사람을 외롭게 만드는 건 적이 아니라 친구…. 오래전

도서관에서 나를 울린 그 구절은 어쩌면 진짜 친구가 나를 외롭게 한다는 말이라기보다, 친구라는 단어를 다루려 할 때마다 늘 일종의 소외가 생겨난다는 말일지도 모른다. 그렇다면 어떻게 해도 사라지지 않는 나의 외로움 또한 이해가 간다.

수업을 마치기 직전 누군가 대뜸 물었던 게 떠오른다. "선생님, 에세이는 도대체 뭘까요?" 그건 내가 우정만큼이나 골몰해왔음에도 도통 알 수 없는, 그러나 내게 중요한 무언가였으므로 허접하지 않은 대답을 내어놓고 싶었다. 하지만 나보다 잘 나가는 사람들이 한 대답들을 머릿속으로 조합해봐도 뭐라 말해야 할지 쉽지 않았다. 누군가는 일상적이고 사소한 글이 에세이라 했고, 누군가는 남다른 인사이트를 내는 게 에세이라고 했다. 누군가는 누구나 쓸 수 있는 글이라고 했고, 누군가는 그렇다고 모든 글이 에세이가 될 자격이 있는 건 아니라고 했다. 이쯤 되면 에세이란 소설을 제외한 거의 모든 산문인가 싶었는데 그렇다고 에세이에서 허구적인 게 아예 없냐면 또 그렇지도 않았고…. 그러니까 에세이가 무엇인지 명확하게 말하기는 어렵고 급기야는 명확하게 규정하기 어려운 것이야말로 에세이인가 싶기도….

그렇게 칠판 앞에서 초조해하던 찰나 맨 앞줄에 앉는 문우와 눈이 마주쳤다. 바로 직전에 자신의 진실을 선뜻 말해주었던 그는 나를 부드럽게 응시하고 있었다. 나 역시 내가 가진 진실을 꺼내 보일 차례라는 듯이.

나는 조심스레 입을 뗐다.

–아직까지 제게는, '나 자신의 이럴 수밖에 없음'에 대한 글이긴 한데요.

어째 쓰면 쓸수록 저도 에세이가 뭔지 도통 모르겠답니다….

이 글을 포함해 그토록 많은 에세이가 우정에 대해 쓰는 게 우연만은 아닐 것이다.

나의 쪼그라든 개구리

초등학교 저학년인가 나는 옆집 남자애를 싫어했다. 나보다 두 살 많았던 그 남자애는 함께 잘 놀다가도 툭하면 욕을 했고 교회 할머니의 치와와를 괴롭혔다. 남의 물건을 훔치고 망가뜨렸고 구더기를 주워 던졌으며 같은 골목 애들을 때렸다. 나를 포함한 골목의 아이들, 심지어 그 애의 여동생까지도, 할 수만 있으면 그 애에게 복수하고 싶어 했다. 그러면서도 우리는 아이들답게 같이 어울려 놀았다. 옆집 남자애의 아빠는 골목의 아이들에게 거칠고 상냥했다. 기분이 좋을 때는 지나가는 애들에게 괜히 아는 척을 했고 기분이 좋지 않을 때는 애들에게 어른을 보면 똑바로 인사를 하라고 윽박을 질렀다. 아이들은 그의 기분이 언제 좋고 나쁠지 알 수가 없어서 골목 멀리서 그의 모습이 보이면 달아나곤 했다.

한번은 화가 난 남자애네 아빠가 골목으로 그 애를 발가벗겨 내보냈다. 옆집 남자애가 고추를 가리려고 발버둥을 치면, 그는 성인 남성의 힘으로 아들의 팔과 손을 단단히 잡아채 아들의 알몸이 드러나게 했다. 옆집 남자애는 "제발요" 하면서 도살되는 짐승처럼 울부짖었고 남자애의 아빠는 낮게 나는 헬기처럼 엄청난 기세로 소리를 질렀다. "잘못했어요." 비명과 열거되는 그 애의 잘못들과 아빠로서 그래도 되는 이유들에 대한 고함들. 그로하여금 좁은 골목에 사는 모두가 그 사실을 알았다. 놀란 아줌마들이 집에서 뛰쳐나와 남자애의 아빠를 말렸고 아저씨들은 그 애의 아빠를 다독이며 담배를 피우러 갔다. 어른들의 자식들이자 골목의 아이들은 집에 숨어 있었다. 그곳에 함께 있었다는 사실, 이 모든 일에 대해 안다는 사실을 남자애에게 들켜선 안 된다는 생각이 아이들의 머릿속을 지배했다. 그런 게 꼭 남자애가 필사적으로 가리고자 한 걸 코앞에서 들여다보는 일이라도 되는 것처럼.

한동안 아이들은 옆집 남자애의 알몸이나 비명에 대한

언급을 삼갔다. 누군가 눈치 없이 그 일에 대해 말을 꺼내면 다른 누군가가 곤란하다는 듯 눈썹을 치켜올렸다. 그러다가도 도무지 참을 수 없어지는 순간이 찾아오면, 나와 몇몇 아이들은 모여서 은밀한 대화를 시도해보곤 했다. 불쌍해, 걔네 아저씨 진짜 싫어, 코가 빨개, 아저씨 몰래 야한 잡지를 봤다며? 아냐, 돈을 훔쳤대. 아냐, 시험을 못 봤대, 근데 나도 그런 적 있는데, 무섭다, 엄마가 그러는데 아저씨가 너무하대.

그러한 시도는 어쩐지 어떤 끔찍함에 대한 금기, 이따금 등하교를 하던 길에 죽어 있던 비둘기나 고양이의 사체를 들여다볼 때 일어나는 것과 비슷한 동요를 동반했으므로, 우리의 대화는 자주 다른 방향으로 흩어져버리곤 했다. 무엇보다 우리에게는 보고 듣고 느낀 걸 꼭 맞게 표현할 능력이 없었다. 우리는 아직 수치와 굴욕, 모멸감 같은 단어조차 배우지 못했고 그런 단어로 인해 무언가가 영영 죽어버릴 수 있다는 것조차 몰랐다. 그러나 오히려 그랬기 때문에, 그 일은 아이들의 안으로, 연한 내부로, 가장 깊숙한 곳으로 스며들었고 우리는 그저 가스 냄새를 감지한 새장 속 카나리아처럼 그걸 들이마실 따름이었다.

무언가 잘못되었다는 그 느낌을.

그 일이 있고 조금 지나 옆집 남자애는 평소처럼 내 머리를 때리고 도망갔는데, 이상하게도 그 애를 전처럼 대할 수 없었던 나는 불현듯 그 애를 향해 품어온 나의 앙심이 쪼그라든 걸 눈치챘다. 꼭 나의 개구리처럼. 그 무렵 화장실 세탁기 위에 있는 어항에 나는 이것저것을 기르곤 했는데, 언젠가 기르던 올챙이가 작은 개구리가 되자마자 어항을 탈출한 적이 있었다. 내가 어항을 실수로 열어두고 나가서였다. 어항 속에 넣어두는 것들은 늘 어항밖으로 나가고 싶어 했다. 얼마 뒤 나는 화장실 구석에서 미라처럼 바싹 말라 쪼그라든 채 죽어 있는 개구리를 발견했다.

내 앙심이 그 개구리처럼 돼버린 건 좋은 일이었을까?

글쎄, 좋은 일만은 아니었을 것이다. 개구리가 죽은 게 나에게 슬픔이었듯이. 해소되거나 전환되지 못한 채 쪼그라들어버린 그 앙심은 어쨌거나 나를 이루고 있는 것이었다. 옆집 남자애에게 가져온 앙심은, 나와 그 애 사이 관계의 일부이자 내가 세상에 반응하는 하나의 방식이었다. 동시에 그 앙심은 옆집 남자애의 잘못에도 불구하고 내가 그 애와 함께 어울렸다는 증거이기도 했다. 거기에는 미움만큼이나 애정과 웃음, 골목이라는 세계의 공유 같은 것들이 겹겹이 섞여 있었다. 평소 미워하던 옆집 남자애가 발가벗겨지고 팔을 붙잡힌 그날 이후, 골목의 아이들은 자신의 어딘가에서 죽은 개구리를 발견했을지 모른다. 그런 게 결코 원했던 결과가 아니었다는 사실 또한 말이다.

어쩌면 나는 나의 개구리처럼, 내가 가진 생의 의지와 그로 인한 결과가 돌이킬 수 없게 어긋날 수 있다는 걸 본능적으로 알았던 것도 같다. 아이일 적 나는 언제고 잘못을 저지를 수 있다는 불안과 두려움에 시달렸고 그것을 잊기 위해 함께할 존재를 갈구했다. 다만 나는 어른만큼이나 나와 같은 아이를 필요로 했다. 나처럼 아직 자라는 중이고 실수를 거듭할 뿐인 동지들만이 나의 수치심을 이해할 수 있었으니까. 어른들처럼 힘 있는 인간은 힘없고 연약한 인간을 사랑하고 지켜줄 수 있었다. 먹이고 재우고 보살펴줄 수도 있었다. 그러나 동시에 힘 있는 인간은 자신의 힘으로 누군가의 존엄을 지울 명분을 찾을 수도 있었다. 그는 누군가의 일부를 영영 쪼그라들게 만들어버릴 수도 있었다.

말하자면 그 힘이란 언제나 힘이 있는 인간의 자의적

판단, 마음먹기에 달려 있었다. 이제와 생각해보면 무언가 잘못되었다는 느낌, 오래전 나와 아이들이 들이마시고 감지한 건 그 마음먹기의 방향에 따르는 파국의 징조였을 것이다. 한편 이렇게도 생각한다. 그 시기 나는 무력하다고 느꼈지만, 나와 같은 존재가 필사적으로 가리고자 한 걸 지켜주는 힘 또한 가지고 있었노라고.

번화가로 모여드는 사람들

　이태원 같은 번화가를 바삐 오가는 젊은 여자들 중 상당수는 근사한 옷차림에 단정한 눈썹을 하고 있다. 나는 인스타그램 피드에서 갓 나온 마냥, 그들이 하나같이 어여쁘고 완벽해 보이는 나머지 감탄한다. 그러다가도 문득 이상한 기분에 사로잡힌다. 만일 내가 술이라도 취했다면 그중 가장 단정하게 다듬어진 여자애를 붙들고 물었을 것이다. 너는 도대체 누구에게 네 모서리를 보여주느냐고. 혹 울 때마저 단정하게 울고 있는 건 아니냐고.

　타인의 완벽한 모습에 어쩐지 절박함을 느껴온 건 십중팔구 나의 문제일 것이다. 몇 년 전까지 나는 최대한 단정해보려고 노력했다. 손거스러미를 잘라내고, 눈썹을 뽑고, 피부를 정돈하고, 구겨진 옷을 미친 듯이 다린 뒤 툭하면 목적 없이 밖으로 나갔다. 약속이 있어서가 아니었다. 그저 아무것도 사지 않으면서 백화점을 수없이 드나들었고 잡지를 뒤적였으며 남들이 많이 가는 곳 주변을 기웃거렸다. 잘 모르는 것 앞에서 고개를 끄덕이거나 주섬주섬 가진 것 중 가장 좋은 걸 꺼냈고 그것들을 짜깁기해 SNS에 올렸다. 내 안의 경외와 감탄과 소외감이 닳아 없어지길 간절히 바라면서, 고상해 보이는 이들이 쓰는 얼굴 근육과 나른한 말투, 그들의 물건이 가진 색과 질감, 근사한 성취를 눈으로 훑었다. 어디에도 발 디딜곳 없이 침잠하던 내 삶과 달리 견고해 보이는 그것들이 좋았다. 그런 걸로 채워진 나의 삶을 상상했고 그래서 자주 홀로 집을 나섰다. 휘황찬란한 도시를 가로지르는 것, 아무렇지 않음을 훈련하는 것, 어떻게든 가까이 있어보는 것. 그 시기 내가 사람들 사이로 흘러드는 방식이었다.

다정이나 단정한 태도를 좋아하지만 그 유행을 좋아하지는 않는다. 그런 걸 찾거나 말하는 이들이 갈망하는 건 결국 스스로의 모난 구석을 드러내도 괜찮은 삶이 아닐까, 그러나 정작 단정함이 버릇이 되었다간 모난 구석을 은폐만 하게 되지 않을까 싶어서 그렇다. 그런 걸 요구받는 게, 주로 약한 쪽이라는 점이 의미심장해서도 그렇다.

그렇지만 그렇게 다듬어져 나온 이들, 그런 걸 욕망하는 이들을 좋아하지 않을 도리는 없다. 잘 다려진 옷처럼 팽팽한 태도로, 가지런한 눈썹처럼 가만가만 말하는 사람들. 타인을 상처 입힐까, 자신이 상처 입을까, 자의든 타의든 각을 전부 펴버린 채 뭉툭해지는 법을 최대한으로 익힌 사람들. 그렇게 해서라도 어디론가 흘러들고자 하는 사람들. 나는 그 마음이 무엇인지 안다. 또는 안다고 착각한다. 그로부터 몇 년이 지난 지금 나는 그들의 모서리에 내내 찔리는 상상을 한다. 그들이 날 서고 악을 쓰며 마음껏 흐트러질 수 있는 장소를 상상하고, 그들을 소외시키지 않는 어른이 되는 상상을 한다.

한편 번화가에는 종종 어색한 옷차림의 어린 여자들 또한 보인다. 정확하게는 야한 옷, 지하상가나 대학가 주변에서 파는, 비싸지 않으나 노출이 있는 옷을 입고 활보하는 여자들. 나는 그들을 훔쳐본다. 그 옷이 야해서, 그 애들의 몸 선이 드러나서 그런 건 아니다. 그런 여자들은 어떤 티가 난다. 이를테면 어떤 여자는 새로운 걸 시도할 때의 긴장으로 조금 경직되어 있다. 평소 입던 옷이 아닌 옷을 입어본 게 탄로 날까 봐, 그래서 어색해하는 자신이 우스워 보일까 봐 두려운 것이다. 이따금 어떤 여자는 두려움을 가리기 위해 부러 위악적으로 군다. 아이라인을 그리고 립스틱을 바르고 자기가 갖고 싶은 표정을 만들어 낸다. 타인이 시선을 던지면, 자신이 거기 익숙하다는 걸 보여주려고 그를 흘겨보거나 자신만만한 표정을 짓는다.

뭔지는 몰라도 뭐라도 되고 싶었던 시기, 나는 처음으로 어깨를 드러내는 옷을 입었다. 나는 몸을 드러내는 걸 내가 해볼 수 있는 가장 커다란 일탈로 여길 만큼 충분히 평범했다. 얇은 주머니와 작은 배포로 시도해볼 수 있는 일탈은 죄다 지하상가와 대학가 옷가게에 모여 있었다. 들뜨고 긴장된 채로 유행하는 옷들을 집어 들던 내 모습이 옷가게 거울에 비출 때마다 거울 속 여자애가 너무 시시해 보여서 화들짝 놀랐던 게 기억난다. 옷걸이를 들었다 내려놓으며 내 옆을 스치던 여러 여자들, 한결같던 유행곡들과 코를 간질이던 먼지, 어쩐지 모든 것에 무관심해 보이던 가게 점원까지도.

그렇게 사온 옷을 옷장 깊숙이 넣어둔 채 나는 주말을, 핼러윈과 크리스마스를 기다렸고 때로는 아무도 그런 날 나를 불러주지 않아 어깨가 드러난 옷을 입고 혼자 거리를 활보했다. 누가 나를 볼까 봐, 누구도 나를 보지 않을까 봐, 내가 지나치게 시시하다는 걸 다시금 상기할까 봐 두려워하면서. 어깨, 그다음에는 배, 그다음에는 등, 그런 식으로 맨살을 하나씩 드러내다 보면 언젠가 나 자신을 오롯하게 내보일 수 있지 않을까 기대했고 그러므로 그 시도가 세상에 받아들여지길 바랐다.

그래서 나는 어깨를 드러낸 이에게 다가가 말해주는 상상을 한다. 너무 소란스럽지 않게, 딱 적절한 무심함으로.

—오늘 멋지다.

—이런 것도 잘 어울린다.

마치 너는 이 말을 듣기 위해 태어난 사람이라는 듯이. 오늘만큼은 너도 주인공이라는 듯이.

오직 그 말을 듣고 싶어서 바깥으로 향했던 무수한 날들.

평범은 때로 사람을 기진맥진하게 한다. 누군가 서투르고 어색한 차림으로 거리에 나설 수 있게 만들어주는 것, 평소와 다른 오늘을 허락해주는 것. 그 승인은 그 애를 더 아름답게 만들어줄 것이다. 그 애가 기존의 자신보다 조금 더 멀리 가보도록 격려해줄 것이다. 그 애가 다시 그전의 자신으로 돌아가더라도, 평범을 견디며 서서히 나아갈 만큼의 힘을 만들어줄 것이다.

또 다시 다가올 핼러윈은 완벽하고도 어색한 옷차림의 사람들이 무더기로 쏟아져 나오는 날이다.

어떤 거대한 슬픔에도 불구하고 나는 그날의 이태원을 무척 좋아한다. 그 시도를 비난하는, 그 무엇에도 맞설 수 있을 만큼.

바람이 분다

지하철을 탔는데 구석에 맹인 할아버지가 서 있었다. 점점 사람이 많아지는 시간대여서 불안해 나도 모르게 그를 자꾸 힐끔거렸다. 그와 나는 복정에서 함께 내렸다. 늘 북적이는 환승구간이자 계단이 엄청 많은 복정역은 누구라도 헛디뎠다간 크게 다칠 수 있는 곳이었다. 노인에게는 다소 버거워 보이는 계단이기도 했다. 높다란 계단 앞에서 어찌해야 하나 내가 잠시 고민하는 사이 맹인 할아버지에게 어떤 낯선 할아버지가 다가가 그의 팔짱을 꼈다. 자신은 그의 곤란함을 이해한다는 듯이. 꼿꼿한 노인 하나는 열 지팡이 못지않았다. 생면부지의 다정함 둘이 계단을 내려가는 걸 바라보며 그날 나는 주름진 사람의 부드러움을 생각했다. 선물을 줄 때 사람들은 포장을 한다. 무엇을 감싸는 일은 포장지를 주름지게 하고, 보는 사람을 기대하게 하고, 사랑을 느끼게 한다. 그처럼 내가 본 타인을 감싸는 이들 중 상당수는 주름져 있었다. 나이가 든다고 모두가 그렇게 되는 건 아니겠지만…. 그럼에도 나이 든 이들의 다정을 자주 목도하며, 나는 주름진 사람을 볼 때마다 기대를 걸었다. 주름이 늘면 더 잘하게 되는 것들도 있을 거라고, 잠시 세상을 선물마냥 포장해 보곤 했던 것이다. 그런 걸 생각하면 나이 드는 게 싫지만은 않았다.

그렇다고 나이 드는 게 두렵지 않은 건 아니었다. 가끔 정형외과에서 치료비를 결제하다 보면 나도 모르게 몸이 움츠러들었다. 의사는 내 뼈와 뼈 사이를 보호해주던 팽팽하던 것들이 줄어가고 있다고, 아직 이럴 나이가 아니라고 갸웃거렸다. 나는 그럴 나이가 뭔지는 몰라도 그즈음이면 지금보다 더 많이 아프고 돈도 더 많이 들 것 같아 걱정되었다. 지난번에는 어깨에 주사를 맞으러 갔는데 병원 1층 엘리베이터 앞에 지팡이를 붙잡고 사시나무처럼 몸을 떠는 할머니가 서 있었다. 엘리베이터를 기다리는 내내 할머니의 입에서 가느다란 소리가 흘러나왔다. "너무 힘들다, 너무 힘들다…." 같이 엘리베이터를 기다리던 아저씨가 할머니에게 말을 걸었다. "어머니, 몇 살이세요?"

"아흔이에요." 할머니가 답했다. 나는 왜 연세를 묻지 않고 몇 살이냐고 묻지, 하고 탐탁잖게 여기며 몰래 가자미눈으로 아저씨를 쳐다봤다. "아이고, 이렇게 다니실 수도 있고 대단하세요." 아저씨는 할머니의 외출을 칭찬하고 또 염려했다. "어머니, 오늘 같은 날은 많이 돌아다니지 마시고, 꼭 그늘 아래 오래 앉아 계셔야 합니다, 꼭이요." 그는 거듭 말하면서 2층에서 내렸다. 나는 가자미눈을 거두고 그가 좋은 사람이라고 생각했다.

할머니는 나와 함께 병원들이 밀집된 4층에 내렸다. 너무 힘들다던 할머니가 내심 신경이 쓰여서 어디로 가시느냐 물었더니 안과에 간다고 했다. "거기까지 제 팔 잡고 가세요." 말을 계속 걸까 하다가 할머니가 내게 자꾸 존대를 쓰기도 하고 또 걷는 것만으로도 할머니의 숨이 많이 차는 것 같아 보여서 그냥 조용히 또 천천히 걸었다. 걷는 동안 옆에서 작고 거친 숨소리가 계속 들려온다 싶더니 할머니의 하얗고 메마른 얼굴 위로 땀이 맺혔다. 안과 문을 열어주고 할머니를 들여보냈다. 뒤돌아서 원래 내가 가야 할 병원으로 향하는데 갑자기 눈물이 후두둑 떨어졌다. 엘리베이터에서 안과까지는 체감상 10미터도 안 떨어져 있었다. 내 걸음으로 고작 10초의 거리를, 조금 전까지 2분 가까이 걸은 셈이었다.

최근에 죽은 내 할머니도 그랬다. 할머니가 계단을 오를 수가 없어서, 그런 할머니를 데리고 큰 병원에 가야해서 아빠는 무리해 서울에 엘리베이터가 있는 곳에 월세를 얻었다. 그러나 아빠도 그 외에 다른 걸 어쩌지는 못했다. 문턱, 계단과 경사, 키오스크, 횡단보도, 손잡이라고는 없는 벽들, 죽음. 그 앞에서는 할머니의 전속력도 할머니의 최선도 자주 무용해졌다. 할머니는 죽었지만 할머니처럼 늙어갈 엄마나 아빠를 생각하다 보면 두려워졌다. 그들을 챙기려면 튼튼해야 마땅한 내 몸에도 하나둘 문제가 생겨났다. 어깨, 무릎, 손목, 발목, 자꾸 몸 구석구석이 경첩이 고장 난 장롱처럼 헐거워졌다. 최근 몇 년간 아플 때마다 지출이 두려워도 꼬박꼬박 병원을 갔다. 그러나 아빠처럼 나도 결국 어쩌지는 못할 거였다. 내가 할 수 있는 게 결코 무의미하지는 않겠지만, 살아가는 곳이 바뀌지 않는 이상 내가 할 수 있는 건 어디까지

나 내가 할 수 있는 것에 그칠 것이었다.

　길거리에서 사람들은 온갖 걸 나눠준다. 전단지, 물티슈, 행주…. 최근에는 잘 못 봤지만 한때는 개업을 축하한다는 등의 의미로 풍선을 많이 나눠줬다. 나는 길거리에서 풍선을 나눠주는 사람이 빨리 다 나눠주고 집에 가길 바라며 풍선 하나를 받아들고 집으로 왔다. 팽팽하던 풍선은 얼마 안 되어 줄어들고 흐물흐물 멍게같이 쪼그라들다 이윽고 아무렇게나 굴러다녔다. 배꼽 부분을 아무리 잘 묶어놔도 어떤 식으로든 바람이 빠져나가는 모양이었다. 밟아봤자 잘 터지지도 않고 조심할 필요도 없어서, 게으른 나는 받아온 풍선이 발에 채여도 그냥 내버려두곤 했다. 그 모든 풍선은 다 어디 갔을까? 돌이켜보면 거리에서 받아온 게 아니더라도 매해 축하할 일이 생길 때마다 풍선이 빠지지 않았는데 그걸 어떻게 처리했는지는 도통 기억나지 않는다. 적어도 집에 있던 풍선은 엄마나 할머니가 치워주었을 것이다. 당시 나는 부푼 마음으로 여기저기 돌아다니기 바빴고, 내 뒤치다꺼리를 해주는 건 집안의 어른들이었다. 그 풍선마냥 조금씩 몸이 줄어가던 어른들.

그런 걸 생각하면 조금 슬퍼진다.

만나던 초반 몇 년간 동거인은 매번 ATM기로 이체하러 가는 나를 놀렸다. 그때 나는 은행 앱을 일절 쓰지 않았다. 새로운 걸 좀처럼 시도하지 않는 성향이기도 했고, 백수에 가까웠던 당시에는 딱히 은행에 갈 일이 많지 않기도 했다. 동시에, 순진하게도 나는 은행 앱을 쓰지 않음으로써 뭐라도 늦출 수 있다고 생각했다. 아주 조금은. 세상은 언제나 지나치게 빠르게 느껴졌는데 나로선 그 유속에 올라타기 버거울 지경이었다. 게다가 나는 눈에 보이지 않으면 정말 중요한 것도 곧잘 까먹어버렸다. 최신 기기 속에도, 번화가에도, 온라인 세상에도, 내가 있는 곳마다 노인이 잘 안 보이는 나머지 나는 영영 안 늙을 것만 같았다. 그래서 앱을 쓰는 대신 ATM기에 가거나 은행에 갔다. 모두가 늙는다는 걸 까먹지 않으려고. 없어진 노인들은 기계 앞에 줄 서 있거나 은행의 의자에 우두커니 앉아 자신의 차례를 기다리고 있었다.

하루는 은행에서 내 차례를 기다리던 옆자리 할머니가 핸드폰을 부여잡고 계속 끙끙거리다 사용법을 물어왔다. 할머니에게 건네받은 폴더폰이 오랜만이라 나도 모르게 화면을 손가락으로 쓸다가 멋쩍게 다시 키 판을 눌렀다.

거듭 고마워하던 할머니가 자신의 폴더폰의 좁은 화면을 가득 채운 아기 사진을 가리켰다. "얘가 내 손주요." 할머니는 바람 빠지는 소리를 내며 웃었는데, 그가 어찌나 활짝 웃는지 눈·코·입이 모두 연결된 하나의 주름처럼 쪼그라들어 보일 지경이었다. 반면 사진 속 아기는 튀어나온 배부터 손가락 마디마디까지 아주 팽팽했다. 꼭 그에게서 빠져나간 바람이 다 손주에게로 간 것처럼 보였다. 나는 할머니에게 장단을 맞추며 같이 웃었다. 아기의 볼이 빵빵하다고, 참 귀엽다고 말했다. 그러나 속으로는 내 할머니를, 건강하게 살이 오른 나와 달리 그즈음 38킬로그램밖에 나가지 않던 할머니를 떠올렸다. 그렇게 내가 무심코 들이마셔온 것들을 생각하며 집에 왔을 즈음엔, 설거지를 하고 있는 엄마의 뒷모습은 어쩐지 전보다 줄어들어 있었다.

할머니의 죽음을 대비하던 가을에, 동네 어귀를 지나다보면 복지관 앞 바위에 앉아 하염없이 시간을 보내던 노인이 보였다. 횡단보도를 건너거나 어디 멀리 갈 엄두는 못 낸 채, 아주 춥거나 아주 덥지 않은 한 노인은 늘 거기 있었다. 몸을 웅송그리고 앉아 있던 노인에게 나는 먼저 인사를 건네곤 했다. 내가 아니면 평소 도통 누구와 대화할 일이 없었다던 내 할머니의 말이 생각나서였다. 처음에는 화들짝 놀라던 노인은 나중에 나를 볼 때마다 환하게 웃으며 반가워했다. 내게 밥은 먹었는지 묻기도 하고, 내가 바른 입술 색이 곱다고 좋아하기도 하고, 내가 준 쌍화탕을 맛있게 마시기도 했다. 할머니를 만나러 가지 못하는 날이면 나는 부러 노인이 있는 방향으로 걸어 다녔고 노인의 다정을 마주하는 식으로 마음을 달랬다.

겨울이 오고, 봄이 오고, 다시금 아주 춥지도 덥지도 않아졌는데도 언제부턴가 노인은 오래도록 보이지 않았다. 주변 사람에게 노인에 대해 묻자 모른다는 답변이 돌아왔다. 오래전 내 방에 있던 풍선마냥 노인의 행방은 묘연했고 거리는 주름진 사람들과는 무관해 보였다. 영영 노인을 보지 못할 거라는 예감과 함께 나는 그즈음 죽은 내 할머니를 떠올렸다. 부디 오래 살라고, 내가 신신당부할 때마다 다들 바람 빠지는 소리를 내며 웃더라니.

'배꼽. 풍선 배꼽부터 확인해볼 걸. 아무것도 새나가지 않게, 미리 더 꽁꽁 묶어둘 걸⋯.'

그래봐야 소용없다는 듯 사방으로 바람이 불어왔다.

죽은 할머니 안심시키기

영훈과 같이 산 뒤로 할머니는 내게 잘 지내느냐고 거듭 물어왔다. 안부를 전하는 동시에 의심하기 위해서였다. "바지씨는 어떻니?(제대로 된 사람이니?) 너는 잘 지내고?(너 괜찮은 거지?)" 영훈에게는 비밀로 했지만, 할머니는 영훈을 좋아하면서도 못 미더워했다. 이혼과 그로 인한 폭풍을 겪어본 그 나잇대 몇 안 되는 여성으로서 그는 남자를 믿지 않았다. 무엇보다 내가 처음 결혼 소식을 알렸을 때 할머니는 이렇게 말했다. "나의 파랑새가 이제 떠나가는구나." 그날 할머니의 표정은 잘 기억나지 않지만, 할머니의 말과 함께 느려지던 방안의 풍경만큼은 기억난다. 거실을 가로지르던 햇살과 볕 안에서 춤추던 먼지, 먼지 아래 주름진 피부에서 느껴지던 시간의 더께, 거기 켜켜이 쌓여온 기쁨과 슬픔. 어쨌거나 나는 할머니의 파랑새였고, 그건 할머니가 언제까지고 나를 걱정할 거라는 뜻이었다. 내가 누굴 만나더라도 끝내 못 미덥게 여겨가면서, 내 눈에 물기가 서릴 일이 없길 바랄 거라는 뜻이었다.

그래서 거듭 물어오는 할머니에게 나는 거듭 대꾸했다.

ㅡ영훈은 좋은 사람이야. 나는 잘 지내고, 우리 꽤 잘 맞아.

그제야 그는 찰나 안심하며 따뜻한 물을 들이켰다.

ㅡ같이, 많이 웃고 살아!

그렇게 말하면서, 할머니는 자신이 동경하던 외국 영화의 주인공마냥 우아하게 자세를 고쳐 앉았다. 지금 생각해보면 할머니는 무언가를 감추는 동시에 드러내고 싶을 때마다 그런 식이었다. 그는 언제나 타인의 시선을 의식했는데 그 대상에는 손녀인 나도 포함되어 있었다. 그러니까 할머니는 어느새 훌쩍 커버린 손녀로 인한 감정적 동요를 감추면서도, 내 앞에서는 손녀의 행복을 기원하며 떠나보내는 할머니 역할을 제대로 해내길 원했던 것이다. 다만 당시엔 그런 생각까지 하진 못했다. 그저 나는 '참 이상하게도 한국 할머니가 외국식이란 말이지' 하고 속으로 후후 웃었다. 그걸 들키지 않도록 내심 진지한 어투로, "꼭 그러도록 할게" 했다.

따뜻한 볕이 내리쬐고 찬바람이 오소소 지나갈 때마다 나는 할머니가 거기 있다는 걸 안다. 죽은 뒤로도 할머니는 그렇게 나를 가끔씩 찾아온다. 혹시 의심 많은 할머니가 편히 쉬지 못하고 지금도 내 걱정을 하고 있을까봐, 나는 유령이 된 할머니를 의식하며 옷을 매만지고 일부러 성큼성큼 걷고 입꼬리를 올린다. 하지만 할머니와 달리 나는 괜찮게 잘 지내는 손녀 역할을 번번이 실패한다. 멀쩡해 보이려고 힘차게 걷고 입꼬리를 올려보려다가도 왈칵, 지나가는 노인들을 보다가도 왈칵, 볕을 쬐고 바람을 맞다가도 왈칵…. 할머니가 어디선가 나를 지켜보고 있다고 생각할수록 자꾸 고장이 난다.

지난번에는 TV를 켰다가 별로 유명하지 않은 연예인이 MC를 맡아 전국 곳곳을 돌아다니는 프로그램을 봤다. 여수에 들른 MC는 특유의 친화력으로 온갖 사람에게 말을 걸었다. 선장, 함바집 사장, 길가의 노인 무리…. 카메라를 의식한 사람들은 경직된 동시에 호의적으로

MC를 대했고 이따금 낯선 카메라 앞에서 불쑥 속 얘기를 꺼내놓았다. 마지막에 나온 중년 여성은 씩씩한 말투로 자신이 건너편 섬에서 공부한 단 한 명의 여자애였다고 했다. 여자애가 공부하기 어려운 시절 엄마는 두고두고 자신을 공부시키려 했다고, 매일 섬과 육지를 오가며 공부할 수 있게 해준 엄마 덕에 선생님이 되었다고 했다. 그렇게 웃으며 이야기를 이어가던 중년 여성의 얼굴이 돌연 물에 젖은 휴지처럼 뭉크러졌다.

—돌아가신 엄마를 다시 만날 수만 있다면 제 머리카락으로 신을 엮어 드리고 싶어요. 엄마에게 그 신을 신겨 모셔오고 싶어요.

그 중년 여성은 카메라만큼이나 유령이 된 누군가를 의식하고 있었는지도 모른다. 누군가 나를 지켜볼지 모른다고 느낄 때 불쑥 터져 나오는 것들이 있으니까. 괜찮아 보이려 애쓰다 보면 압력이 생겨나고, 그 압력은 마중물처럼 깊은 감정을 길어 올리니까. 제 머리카락을 뽑아 신을 엮고 싶을 정도의 그리움 같은 것을. 그는 그 신을 신겨주고픈 사람에게 웃는 낯을 보이려다 그만 울어버리고 만 것인지 모른다.

할머니는 기왕이면 손녀가 믿음직하고 강한 남자를 만나기를 바랐다. 그러면서도 그런 남자란 세상에 없다는 듯이, 영훈 앞에서 너무 약한 모습을 보이지 말라고 내게 충고했다. 남자들은 부담을 주면 도망가버리는 나약한 존재라는 것이었다. 죽어가는 할머니를 안심시키기 위해 나는 최선을 다했다. 건강을 열심히 챙기는 영훈이 내게도 건강관리를 시켜서 피곤하다며 흉을 보는 척 영훈을 칭찬했고, 내가 사간 물건까지 전부 영훈이 사준 거라 꾸며댔다. 그럼 할머니는 내가 쩨쩨하지 않고 든든한 사내를 만났다며 즐거워했다. 어쩐지 영훈의 심신이 단단해 보여 퍽 믿음직했다고, 그런 남자와 잘 지내지는 못할망정 철없는 소리를 하고 있다고 기뻐하며 나를 혼냈다. 혼내는 말의 마무리는 언제나 같았다. "같이, 많이 웃고 살아!"

그 말을 의식하면서 나는 영훈과 자주 배를 잡고 웃는다. 나는 영훈이 밖에서는 하지 못할 쓰레기 같은 발언을 내 앞에선 마구 해대서 웃고, 영훈은 벽에 붙어 자는 내 잠버릇 탓에 벽지가 내 다리 모양으로 노래져서 웃는다. 함께 낄낄대다보면 시시껄렁한 일들에도 빛이 스며들어 할머니가 왜 거듭 그렇게 말했는지 알 것도 같다.

하지만 할머니가 죽은 뒤로는 할머니 말대로 하기가 쉽지 않다. 지난번에는 프랜차이즈 카페에서 영훈과 커피를 기다리다가 벽면에 MD 상품으로 나온 믹스커피를 발견했다. 할머니가 믹스커피를 좋아해서 자주 사다주곤 했다고, 나는 믹스커피를 손가락질했다. "참 별것도 아닌 걸 내가 사다주면 고급이라고 했어" 하고 웃다가 영훈 앞에서 왈칵 눈물을 터뜨렸다. 그전 주말에는 영훈과 배달을 시켜 먹으려고 앱을 켰다가 주소지 목록에 할머니의 요양병원 주소가 남아 있는 걸 발견했다. 그때도 나는 할머니가 이따금 샌드위치와 햄버거를 무척 먹고 싶어 했다고. 정말이지 한국에서 태어난 할머니가 외국식으로 굴어서 진짜 웃겼다고 말하다가 영훈 앞에서 무너지듯 울었다. 카페에서 커피를 기다리다가도, 배달을 시키려다가도. 할머니는 나를 찾아오고 그럴 때마다 나는 어떤 시늉을 해도 영훈에게 내 약한 모습을 들키고야 만다.

다행히 영훈은 아직까지 도망가지는 않았지만, 할머니가 바란 식으로 강한 것 같지는 않다. 내가 약해지는 걸 보면 영훈의 눈도 그렁그렁해지고, 내가 우는 걸 보면 영훈도 어느샌가 같이 울고 있으니까. 할머니를 잃은 게 나에게 어떤 의미인지 아는 영훈은 나와 함께 나약해진다.

같이 웃는 만큼 같이 우는 우리를 보면, 유령 할머니는 조금 어리둥절해하려나….

낙엽이 밟히고 걸음걸음 은행이 으깨진다. 옷장에 스웨터들을 꺼내놓으라는 듯 여기저기서 이른 캐롤을 틀고 내년의 다이어리나 달력을 내놓는다. 그저께는 영훈과 같이 대형서점에 들러 내년의 물건들을 구경하다 수입된 명화 달력 앞에 멈췄다. 로스코, 호퍼, 모네… 국내의 휴일이 표기되어 있지는 않지만, 유명한 화가의 멋진 그림들로 한 달 한 달 채워져 있는 근사한 수입 달력들은 휴일과 무관하게 집에서 보내는 시간이 많던 할머니의 방을 환히 밝혀주곤 했다. 매년 할머니에게 이걸 사드리려고 여기 왔다고 했지? 영훈은 물었고 나는 고개를 끄덕였다. 그런 걸 기억하는 영훈이 좋은 사람이라고 생각하면서.

이제는 수입 달력을 사도 줄 할머니가 없다. 하지만 나는 웅성이는 사람들, 연말의 분위기 속 다소 조급하게 나타난 내년의 물건들과 그것이 가리키는 다가오는 미래 그 어딘가에 할머니가 있다는 걸 안다. 항상 타인의 시선을 의식해온 할머니를 따라 나 역시도 유령이 되었을 할머니를 의식하는 것이다. 제 역할을 해내려던 할머니, 함부로 약한 모습을 보이면 안 된다고 생각해온 할머니, 의심도 걱정도 사랑도 많은 내 할머니를. 나는 할머니의 파랑새였고 그건 파랑새가 언제까지고 할머니를 생각할 거라는 뜻이니까. 돌이켜보면 죽은 할머니가 나를 찾아오는 게 아니라, 내가 할머니를 찾아다니는 건지도, 할머니가 보고 싶은 나머지 곳곳에서 그를 발견해내는 걸지도 모르겠지만….

'참 이상하게도 죽은 할머니가 꼭 살아 있는 것 같단 말이지.'

어쨌거나 나는 근처에 있을지 모르는 할머니를 안심시키기 위해 속삭인다.

–나도 영훈도 아주 잘 지내. 할머니도 잘 지내?

보고 싶은, 찰나 안심한 할머니 얼굴.

이유 없이 싫어하는 것들에 대하여
ⓒ 임지은, 2024

초판 1쇄 발행 2024년 12월 6일
초판 2쇄 발행 2024년 12월 11일

지은이 임지은
펴낸이 이상훈
편집1팀 김진주 이연재
마케팅 김한성 조재성 박신영 김효진 김애린 오민정
펴낸곳 ㈜한겨레엔 www.hanibook.co.kr
등록 2006년 1월 4일 제313-2006-00003호
주소 서울시 마포구 창전로 70 (신수동) 화수목빌딩 5층
전화 02) 6383-1602~3 | 팩스 02) 6383-1610
대표메일 book@hanien.co.kr
ISBN 979-11-7213-182-1 (03810)